Stewart McCole
La fin de l'amour

Für Anastasja, Celine, Hannah, Michelle und Sarah. Ohne euch gäbe es hier keine Poesie, keine Lyrik. Und folglich auch keinen Grund, ein Buch zu schreiben.

-

Stewart McCole

La fin de l'amour – Das Ende der Liebe

Drama

Impressum

Bibliografische Information der Deutschen Nationalbibliothek:
Die Deutsche Nationalbibliothek verzeichnet diese
Publikation in der Deutschen Nationalbibliografie; detaillierte
bibliografische Daten sind im Internet über http://dnb.dnb.de
abrufbar.

Die automatisierte Analyse des Werkes, um daraus
Informationen insbesondere über Muster, Trends und
Korrelationen gemäß §44b UrhG („Text und Data Mining") zu
gewinnen, ist untersagt.

© 2024 Stewart McCole

Verlag: BoD · Books on Demand GmbH, In de Tarpen 42,
22848 Norderstedt

Druck: Libri Plureos GmbH, Friedensallee 273, 22763
Hamburg

ISBN: 978-3-7693-2004-6

Inhaltsverzeichnis

1

Für die meisten Menschen war ich mittlerweile aus
der Zeit gefallen. Ein an sich nicht mehr wirklich
benötigtes Schmuckstück, das man mehr als
Statussymbol als zu praktischen Zwecken besaß. Ein
modisches Statement, ein Stück Nostalgie. Zeit, das
hatten mir die letzten Jahre und Jahrzehnte mehr
als deutlich gezeigt, war eigentlich gar nicht
wirklich messbar. Sie schlug mal schneller, mal
langsamer. Und manchmal schien sie einfach
stehenzubleiben, bewahrte Erlebtes wie in einer
Zeitkapsel für die Ewigkeit auf. Glück und Leid,
Liebe und Hass. Leidenschaft ... und Elend.

Ich entstand in einer Epoche, in der die Sekunden
und Minuten, die Stunden und Tage noch anders zu
schlugen schienen als in dieser so schnelllebig
wirkenden Welt, in der ich keinen wirklichen Platz
mehr hatte. Und trotzdem, trotz aller Umstände, war
ich noch hier. Und erzählte eine Geschichte.

Eine Geschichte, die keiner hören konnte. Obwohl
sie es wert gewesen wäre, in Worte gefasst zu
werden.

-

»Die hier gefällt mir! Das Design ist toll!« Der
Verkäufer lächelte, als er einen Blick auf die Wahl
der jungen Frau warf. Sein Laden war mehr eine
Ansammlung an Kuriositäten als ein wirkliches

Juweliergeschäft. Eigentlich besaß er ihn wohl nur
noch, um seine eigene Sammelwut irgendwie
rechtfertigen zu können. Vor sich selbst, allen
anderen. Ihm war bewusst, dass er mit all dem nie
das große Geld machen würde. Und vielleicht wollte
er das auch gar nicht.

»Girard-Perregaux Gyromatic. Eine sehr schöne Wahl!
Ich schätze, sie wird um 1967 entstanden sein. In
dem Jahr wurde sie zumindest laut Originalrechnung
erstmals verkauft. Ganz genau kann man es wohl
nicht sagen! Eine Herrenuhr, aber dank ihres
geringen Durchmessers heutzutage auch für Damen wie
Sie gut tragbar. Ein stilvolles, und zugleich
zeitloses Stück!« Die junge Frau warf dem Verkäufer
ein charmantes Lächeln zu, das er nicht genau
deuten konnte. Allgemein schien er sich selbst nie
wirklich sicher darüber zu sein, ob seine Worte nun
verkaufsfördernd waren oder das genaue Gegenteil
bewirkten.

»Sehr schön!« Ihm fiel ein Stein vom Herzen, als
auch die bis dahin sehr wortkarge, etwas mürrisch
wirkende Mutter der jungen Kundin ihr Gefallen an
der alten Armbanduhr äußerte. »Aber sie ist auf der
Rückseite signiert, das stört mich ein bisschen!
Kratzer hat sie auch einige!«

»Ja, natürlich hat das gute Stück in den letzten
fast sechzig Jahren auch den ein oder anderen
Kratzer davon getragen. Ein bisschen Patina gehört
dazu, aber natürlich lassen sich oberflächliche
Kratzer auch jederzeit auspolieren! Ebenso die
Signatur, mit Sicherheit die Initialen des

Gentlemans, der die Uhr damals neu kaufte, ließe sich sicherlich recht schnell entfernen. Ich an Ihrer Stelle würde sie aber genau so lassen, wie sie jetzt ist. Sie erzählt eine Geschichte!«

Die Mutter starrte den schon etwas älteren Verkäufer stirnrunzelnd an, schien aber über seine Aussage nachzudenken.

»Und die gefällt dir wirklich am besten? Hast du dir alle anderen auch angesehen?«, hakte die Frau bei ihrer Tochter in einer seltsamen Mischung aus Strenge und Fürsorglichkeit nach. Immerhin war sie es, die das gute Schmuckstück zahlen würde.

»Ja, ich denke schon!« Der Juwelier atmete tief durch, ohne dabei sein Lächeln zu verlieren oder sich etwas anmerken zu lassen. *Ich denke schon* klang nicht wirklich nach einer überzeugenden Antwort zugunsten eines Kaufs.

»Sehen Sie sich doch nochmal die Details an, das schöne Ziffernblatt zum Beispiel! Es schimmert unter dem Licht regelrecht, wirklich einmalig. Und Sie kaufen zudem auch ein Stück Schweizer Uhrmacherqualität der höchsten Güteklasse. Sie werden viel Freude an der Uhr haben, das garantiere ich Ihnen! Ein Begleiter für sprichwörtlich alle Zeiten!«

—

Die Kundin blickte den gewieften Verkäufer mit einem süffisanten Lächeln an, während sie abermals den Zeitmesser in seinen Händen betrachtete.

»Schon gut, Sie haben mich überzeugt. Dürfte ich die Uhr einmal anlegen und sehen, wie sie an meinem Handgelenk wirkt?«

»Gewiss!« Der junge Mann in seinem etwas zu bieder wirkenden Anzug kicherte charmant, als wäre er völlig hin und weg von der jungen Blonden, die in ihrer eleganten Aufmachung und den hochgesteckten Haaren alle Blicke im Juweliergeschäft auf sich zog. Unter den erlesenen Kunden war sie der absolute Blickfang, was ihr durchaus bewusst zu sein schien. »Ein Geschenk für Ihren Mann oder Ihren Vater?«

Die Blonde, die gerade im Begriff war, sich die Uhr ums Handgelenk zu schnallen, blickte auf, warf dem Verkäufer einen kritischen Blick zu und musterte ihn von oben bis unten. Ja, der Anzug war definitiv zu bieder. Dieses Altherren-Braun, absolut furchtbar. Die Wahl für alle jungen Gentlemans, die schon mit Ende zwanzig aussehen wollten wie eine wandelnde Mittfünfziger-Lebenskrise.

»Weder noch. Die Uhr ist für mich!« Die Stimme der jungen Frau klang freundlich, zugleich aber bestimmt und fast schon etwas schnippisch. Ihr süffisantes Lächeln tat ihr Übriges, dem jungen Mann hinter dem Verkaufstresen die Röte ins Gesicht zu treiben.

»A ... aber, meine Dame, wir haben von dieser Manufaktur auch Damenuhren in kleineren Größen. Sogar Ziffernblätter mit Steinbesatz, wenn Sie die mal sehen wollen!«

»Kein Interesse!«, erwiderte die Blonde mit Blick auf die Herrenuhr an ihrem Handgelenk, ohne dabei zu dem Verkäufer aufzusehen. »Ich will die Uhrzeit auch ohne Lupe erkennen können. Oder ist es ein unausgesprochenes Tabu, ein ... *Sakrileg*, als Frau eine Herrenuhr zu tragen?« Ihr Lächeln und die Art und Weise, in der sie die Frage formuliert hatte, ließen für den Verkäufer nur eine einzige Antwort zu: die, die sie hören wollte.

»Nein, ähm ... keineswegs! Sie haben einen exquisiten Geschmack, muss ich sagen. Wollen Sie eine ... Signatur auf dem Gehäusedeckel?«

Die geheimnisvoll anmutende Blonde, die zum Leidwesen der anwesenden Ehefrauen die Blicke sämtlicher Männer im Verkaufsraum auf sich zog, schien kurz über die Frage des Verkäufers nachzudenken, ehe sie nickte.

»Ja, gravieren Sie *L. D.* ein. Mit verschnörkelter Schrift. Aber nicht zu verschnörkelt, man soll es noch lesen können!«

»Gerne! Ich bräuchte noch ... « Der junge Mann hielt kurz inne, als seine Kundin ihre Geldbörse zückte und ihm bereits mehrere Scheine auf den Tresen legte. »... Ihren Namen für den Abholschein! Sie ... zahlen direkt die ganze Summe in bar? Wir hätten auch eine Anzahlung akzeptiert. Mit der Restzahlung bei Abholung Ihrer Uhr!«

»Wozu? Dann habe ich das schonmal hinter mir. Schreiben Sie *Lucy Duchesne* auf den Abholschein!«

Der junge Mann nickte und schien sich dann kurz in den Augen der Schönheit zu verlieren, ehe er wieder die Besinnung erlangte und Ihren Namen auf den Abholschein schrieb.

»Unser Graveur ist gerade nicht im Haus, aber bis Freitag sollten Sie die Uhr definitiv abholen können!«

Lucy Duchesne lächelte zufrieden, zwinkerte dem Verkäufer zu und drehte sich dann wortlos um. Auf dem Weg zum Ausgang fühlte sie die Blicke der männlichen Kundschaft, der Verkäufer. Selbst die Frauen schienen zu gaffen, auch wenn es bei Ihnen wohl eher der Neid oder die Entrüstung war. Ein Spießrutenlauf. Aber es gehörte alles zu ihrem Plan. Sie wollte Aufsehen erregen in dieser Stadt, Aufmerksamkeit erlangen. *Seine* Aufmerksamkeit. Schließlich war er immer auf Beutezug, immer auf der Suche nach der nächsten Eroberung, dem nächsten Abenteuer. Dem nächsten Leben, das er durch sein Handeln zerstören konnte. Sie würde mitspielen, sich verführen lassen. Bis sie ihn an der Angel hatte. Um dann gemächlich ihre Hände um seinen Hals zu legen und langsam zuzudrücken.

Bis sie *sein* Leben ruiniert hatte.

2

»Nichts geht mehr!« Henri Nardin wandte sich dem Geschehnis am Roulettetisch ab und lächelte seiner Begleitung süffisant zu. Es interessierte ihn nicht wirklich, ob er gewann oder nicht. Es waren nur kleine Beträge, die er hier setzte. Klein für ihn, aber groß genug, um bei Frauen wie ihr Eindruck zu schinden. Der elegante Charmeur, dem sein Geld so gleichgültig war, dass er beim Roulette lieber seiner Begleitung Aufmerksamkeit schenkte. Seine wahre Leidenschaft war das Pokern, sowohl am Spieltisch als auch symbolisch gesprochen im echten Leben. Im Beruf, der Liebe. Und er war ein guter Spieler. Am Ende gewann er, so oder so.

»Ihr Champagner, Amelie!« Henri reichte der jungen Dame, die er erst seit etwa zwei Stunden kannte, ein Glas Veuve Clicquot, das diese mit funkelnden Augen annahm. Sie schien sich nicht einmal Mühe geben zu wollen, ihre offenkundigen Absichten zu verbergen. Vermutlich, da sie wohl ohnehin jeder hier kannte. Henri wusste, was für eine Frau sie war, genauso wie die anderen Gäste und das Personal des Casinos sowieso. Man erkannte solche Menschen, wenn man tagtäglich mit Geldleuten zu tun hatte. Diese junge Dame, die vielleicht wirklich Amelie hieß, oder aber ihn vielleicht auch nur erfunden hatte, war keineswegs eine Prostituierte. Auch kein Escortgirl oder eine andere Art von Frau, die sich

für ihre Begleitung oder gewisse andere Dienste
bezahlen ließ. Zumindest nicht offiziell. Sie war
eine Touristin, laut eigener Aussage aus einem
verschlafenen Nest in der Nähe von Lille. Jung,
unerfahren. Sie reizte diese mondäne Stadt, die
edlen Boutiquen und Luxushotels, der
offensichtliche Reichtum einiger Leute wie Henri.
Sie war perfekt, das Idealbild seines Beuteschemas.
Es war einfach, sie um den Finger zu wickeln. Mit
ihr eine kurzlebige, aber leidenschaftliche Affäre
zu beginnen. Er machte ihr Geschenke, führte sie
aus. Er wusste, dass es genau das war, was sie
hiermit bezweckte. Und sie wiederum wusste auch
ganz genau, was er damit bezweckte. Man konnte es
also als ein einvernehmliches Zweckbündnis
bezeichnen, jeder von ihnen profitierte. In einer
Woche würde sie in ihr eintöniges Kleinstadtleben
zurückkehren, eines Tages einen dickbäuchigen Kerl
heiraten und vielleicht ab und an vom Feuer der
Leidenschaft träumen, welches sie einst mit dem
schönen Unbekannten in Nizza verspürt hatte. Henri
lebte im Wissen, genau diese Erinnerung schon bei
dutzenden Frauen hinterlassen zu haben. Auch eine
Art Vermächtnis.

»Monsieur Nardin? Sie werden am Telefon verlangt!«
Einer der Angestellten des Casinos, den Henri
bereits seit Jahren kannte, eilte zum Roulettetisch
und ignorierte völlig die attraktive Brünette in
seinem Arm. Er kannte dieses Bild, jeder im Casino
tat das. Und jeder ignorierte es. Henri Nardin war
ein Lebemann, ein Original, wenn man so wollte.
Oder auch ein nymphomanisches Schwein, je nach

Sichtweise und Lebensphilosophie. Unbestritten war
jedoch sein Einfluss und seine Bekanntheit in
dieser mondänen Stadt, die mit ihren hellen
Lichtern Reichtum genauso anzuziehen schien wie
Glücksritter, Gauner und Taugenichtse, die hier
nach Erfolg strebten.

»Lassen Sie mich raten: mein alter Freund
Philippe?«

Der Angestellte lächelte, was Henris Frage bereits
beantwortete. Gespielt genervt verdrehte er die
Augen und gab seiner Begleitung einen sanften Kuss
auf die Wange.

»Würdest du mich für einen Moment entschuldigen?
Mein Geschäftspartner scheint keinen einzigen Tag
ohne mich auszukommen!«

Die junge Frau lächelte süffisant, während sie an
ihrem Champagner nippte. Henri sah sich bereits mit
ihr in seinem luxuriösen Appartement, wo er ihr zu
den Klängen der neuen Platte von Charles Aznavour
langsam das Kleid ausziehen und ihr anschließend
die schönste Urlaubserinnerung schenken würde, die
man in Nizza nur bekommen konnte. Es mangelte Henri
Nardin vielleicht an Zurückhaltung, Bescheidenheit
und Sittlichkeit, nicht aber an Überzeugung.

»Telefon drei!«, rief ihm der Casinoangestellte
hinterher, während er schnellen Schrittes zu den
Telefonen an einer Wand im Eingangsbereich des
Casinos eilte. Philippe konnte ein Plagegeist sein,
er verfolgte ihn regelrecht. Es war reine Schikane,

unverblümte Abneigung gegenüber dem Lebensstil
seines Geschäftspartners.

»Was genau ist bitte genau *jetzt* dermaßen wichtig?«
Henri blaffte unfreundlich in den Hörer, während
seine Blicke eine ansehnliche, wenn auch etwas
rundliche Dame am benachbarten Telefon musterten
und in Gedanken bereits auszogen. »Hör zu, ich bin
gerade im Casino, wie jeden Freitagabend. Du magst
mit deinem Büro verheiratet sein, aber ich
persönlich schätze meine Freizeit und vor allem
mein Wochenende sehr! Wenn also nicht gerade das
Weingut explodiert ist oder die Gendarmerie unsere
Büros filzt, ist dein Anruf mehr als unangebracht
und unhöflich!«

»Genauso wie dein Ton, findest du nicht, kleiner
Bruder?« Die Stimme am anderen Ende des Hörers
klang tiefenentspannt, beinahe schon amüsiert.
»Oder dein Umgang mit der Damenwelt. Henri, man
spricht bereits über dich in gewissen Kreisen. Du
bist kein junger Gott mehr, du wirst in ein paar
Wochen 42 und solltest dir deine Hörner
mittlerweile abgestoßen haben!«

Henri lachte hämisch, während er der Dame am
benachbarten Telefon, die sich nun endlich zu ihm
umdrehte, zulächelte. Sein Lächeln verschwand
alsbald wieder; sie hätte ihm lieber weiter den
Rücken zukehren sollen. Gott, wie sehr er alleine
schon die Bezeichnung *kleiner Bruder* verabscheute!
Es war einst ein Witz, ein Spitzname, da man die
beiden etwa gleichaltrigen Geschäftspartner

aufgrund ihrer optischen Ähnlichkeit häufiger für
Geschwister hielt.

»Darf ich dich daran erinnern, dass du früher nicht
anders warst? Deine Sturm- und Drangzeit ist auch
noch nicht sehr lange her, und du bist zwei Jahre
älter als ich. Also gib mir die Zeit! Hast du mir
außer diesen schlauen Worten sonst noch was zu
sagen, oder war tatsächlich *das* der Grund für die
Störung von meiner Abendunterhaltung?«

»Ich vermute, deine Abendunterhaltung trägt
mindestens Körbchengröße D und ein ausgefallenes
Kleid, welches sicherlich *du* ihr gekauft hast. Was
ist es diesmal? Givenchy? Dior?«

»Drecksack!«, murmelte Henri schnippisch, aber
zugleich amüsiert vor sich hin.

»Oh, den Designer kannte ich noch gar nicht! Du
hast doch nicht etwa eine eigene Kollektion
kreiert? Na, egal. Jedenfalls hat dieser Kerl aus
Bordeaux vorhin angerufen. Du weißt schon, der
Emporkömmling mit dem kleinen Familienunternehmen.
Er ist eingeknickt und möchte verkaufen! Ich konnte
den Preis nochmal um zwanzig Prozent senken, ihm
steht das Wasser bis zum Hals!«

»Wer ist nun der Drecksack, hmm?« Henri lachte
feixend über seinen Geschäftspartner. Philippe war
bei geschäftlichen Themen ein harter Hund,
besonders bei Firmenübernahmen. Mit dem kleinen
Familienbetrieb aus Bordeaux besaßen sie bald nun
Weinberge in jeder wichtigen Weinanbauregion
Frankreichs sowie ein Weingut in Spanien, welches

sich Philippe letztes Jahr unter den Nagel reißen konnte. Unter der Bezeichnung *Banard*, ein Akronym ihrer beiden Nachnamen, stellten sie seit nunmehr fünfzehn Jahren gemeinsam hochwertige Weine und Schaumweine mit großem Erfolg her.

»Er kommt am Montag zu uns, zum Vertragsabschluss. Du wirst doch auch da sein, oder?«

»Klar! Und danke dir. Für solche Sachen liebe ich dich! Ich könnte dich küssen!« Henri schmatzte den Hörer ab, was bei einem neben ihm telefonierenden, älteren Herrn ein Stirnrunzeln verursachte. Philippe lachte, auch wenn ihm die alberne Art seines Partners manchmal zuwider war.

»Küsse lieber die Unbekannte, die gerade auf dich wartet. Und kauf ihr nicht zu viel, kein Sex der Welt ist das wert, was du an einem einzigen Wochenende für deine Affären ausgibst! Man sieht sich!« Ohne eine Antwort abzuwarten, hängte Philippe den Hörer auf. Es war seine typische Art, ohne große Umschweife und immer mit einem gewissen Zynismus.

Bester Laune schlenderte Henri durch die Lobby des Casinos, um seine Begleitung abzuholen, die hoffentlich nicht die Frechheit besaß, in seinem Namen irgendeinen Betrag am Roulettetisch zu setzen. Sein Spielglück funktionierte nur bei ihm selbst, er musste dabei sein.

In Gedanken versunken bemerkte Henri zunächst gar nicht die junge Frau, die soeben das Casino betreten hatte und selbst den sonst sehr zurückhaltenden Portier dazu veranlasste, ihr einen Blick nachzuwerfen. Dann jedoch erhaschten seine Augen die fremde Schönheit und fixierten sie wie eine Fliege, die gerade einen Honigtopf entdeckt hatte. Sein Herz raste, was ihm bei einer Frau eigentlich selten passierte. Elegant, stilvoll, Selbstbewusstsein ausstrahlend. Sie war mehr als nur *schön*. Schöne Frauen gab es wie Sand am Meer; nichts war langweiliger als generische, öde Schönheit. Ihre Art von Schönheit jedoch war einmalig und fesselte seine Blicke an sich. Sie musste eine Touristin sein, er kannte sie nicht. Und *diesen* Anblick hätte er sich garantiert gemerkt! Sie war wohlhabend, das schien klar. Mit welchem Selbstbewusstsein sie in dieses Casino stolzierte, hierbei ihr eng anliegendes Kleid wie die Federn eines Pfaus präsentierte, während ihr alles um sie herum beinahe schon gleichgültig zu sein schien.

Henri gab sich Mühe, sich möglichst nichts anmerken zu lassen, während er der Frau im gebührenden Abstand folgte, ehe sie ganz in der Nähe des Roulettetischs an der Bar Platz nahm.

Amelie, deren Existenz Henri fast schon vergessen hatte, winkte ihrem Partner freudig zu. Henri entlockte sich ein scheues Lächeln, ehe er sich wieder der Unbekannten zuwandte und einen Kellner zu sich rief.

»Sehen Sie die? Die Blonde mit dem eleganten Kleid? Bestellen Sie ihr von mir eine Flasche Banard-Champagner! Den haben Sie doch hoffentlich, oder?«

Henris Frage, die mehr wie eine versteckte Drohung
wirkte, beantwortete der Kellner mit einem Lächeln.

»Natürlich, Monsieur Nardin! Wird erledigt!«

Henri verfolgte den Kellner mit seinen Blicken und
wartete, bis der Dame die Flasche Banard serviert
wurde. Normalerweise spendierte er seinen
Eroberungszielen nicht den Champagner seiner
eigenen Marke; dazu war sie noch nicht bekannt
genug. Schließlich war auch die Wahl des Getränks
schon eine Art Statussymbol. In diesem Falle jedoch
lag die Sache anders. Diese Frau wirkte wie eine
Person, die über solchen Dingen stand. Gerade, als
der Ober der Dame den Sachverhalt zu erklären
schien, drehte sich Henri um und eilte zum
Roulettetisch zurück, um sich nichts anmerken zu
lassen.

»Da bist du ja endlich!«, rief Amelie fröhlich.
»Schau mal, ich habe gewonnen! Insgesamt 200
Francs!«

»Von meinem Geld, nicht wahr? Her damit!« Wenig
charmant riss Henri seiner Begleitung die
Geldscheine aus der Hand, die sie zuvor wie einen
Fächer vor ihm herumwedelte. Amelies Lächeln wich
einer enttäuschten Miene, was Henri wieder daran
erinnerte, dass er trotz seiner reinen
Fleischeslust stets respektvoll und galant mit der
Damenwelt umzugehen pflegte.

»Bitte, verzeih mir, dass ich so grob war!« Henri
streichelte Amelie sanft über die Wange, lächelte
ihr zu und drückte ihr wieder das Geld in die Hand.

»Ich ... habe nur eben einen nicht so guten Anruf
erhalten. Einer meiner Geschäftspartner macht
Ärger, eine lästige Sache. Ich werde heute
wahrscheinlich noch einiges zu tun haben! Mach dir
doch also zur Entschädigung für das abrupte Ende
unseres Treffens morgen von dem Geld einen schönen
Tag und dann treffen wir uns morgen Abend, ja?«

Amelie wirkte erst enttäuscht, lächelte dann aber
nickend und steckte wenig subtil das Geld ein, als
hätte er sie gerade für ihre Dienste bezahlt. Dabei
waren ihm Prostituierte zuwider. Wo war da der
Spaß, die Herausforderung?

»Ganz sicher?« Amelie blickte ihr Gegenüber an wie
ein unschuldiges Schulmädchen. Nur mit dem
Unterschied, dass dieses Schulmädchen ein Outfit im
Wert eines durchschnittlichen Monatseinkommens trug
und wie ein orientalisches Edelbordell duftete. Wie
alt sie wohl war? Im Grunde genommen interessierte
es Henri nicht. Sie war alt genug, um alleine nach
Nizza zu reisen. Dann musste sie auch alt genug
sein, um in die Freuden des Lebens eingeführt zu
werden. Henri nickte mit einem Hauch von
väterlicher Güte. Gott, hoffentlich war sie nicht
auf *sowas* aus!

»Versprochen! Das wird ein Abend, den du nicht
vergisst!« Henri zwinkerte der jungen Frau zu,
winkte dann einen der Kellner zu sich und orderte
ein Taxi, welches selbstredend er bezahlen würde.
Für Amelie war dies eine weitere, galante Geste.
Für ihn wiederum der geschickte Plan, diese in
seinen Augen nun langweilig gewordene Dorfmamsell

schnellstens aus dem Casino zu bekommen. Ein Plan, der aufging: Amelie verabschiedete sich von ihrem Liebhaber, gab ihm einen Kuss und eilte dann nach draußen zu ihrem Taxi, das bereits bereitstand und sie zu ihrem Hotel bringen würde. Eine armselige Absteige mit gerade einmal drei Sternen, Henri hatte sich informiert.

»Verzeihung?« Henri, ein wenig in Gedanken versunken, drehte sich erschrocken um, ehe er die Person neben sich erkannte und charmant lächelte. Es war *sie*, die Blonde.

»Waren Sie der Gentleman, der mir den Champagner bezahlt hat?« Die junge Frau wirkte nicht unfreundlich, lächelte aber auch nicht, was Henri ein wenig irritierte.

»Ja, das ist korrekt. Sie waren mir aufgefallen!«

»Ihnen ist hoffentlich bewusst, dass ich keine Hure bin, der Sie mit Geschenken Avancen machen können! Ich schätze sowas nicht besonders. Zumal ich gut für mich sorgen und mir meinen Champagner durchaus selbst bezahlen kann!«

Henri, ein wenig überfordert von der Situation, schwieg erst eine Weile, ehe er verblüfft auflachte. Seine Blicke wanderten zu den umstehenden Personen, die von der wenig galanten Bemerkung der jungen Frau jedoch scheinbar keine Notiz genommen hatten.

»Davon bin ich überzeugt! Ich stellte lediglich fest, dass Sie alleine in dieses Casino gekommen sind und offensichtlich von außerhalb stammen. Zumindest habe ich Sie hier nie gesehen. Da dachte ich mir, dass ich als ... einer der Zulieferer der Bar meinen Teil zu Nizzas bekannter Gastfreundschaft beitragen sollte! Verzeihen Sie mir, ich habe mich ja noch gar nicht vorgestellt: mein Name ist Henri Nardin, Miteigentümer von Banard!« Henri nahm die zarte Hand der jungen Dame und deutete einen Handkuss an, wobei ihm das Schmuckstück an ihrem Handgelenk auffiel. Sein Gegenüber behielt zunächst ihre versteinerte Miene bei, lächelte dann jedoch zaghaft.

»Lucy Duchesne. Künstlerin!«

Henri, vollkommen eingenommen von der schönen Fremden, nickte erfreut und zugleich erleichtert, doch noch das Eis gebrochen zu haben.

»Es freut mich sehr, Ihre Bekanntschaft zu machen!«

Lucy lächelte dem Charmeur, der sie langsam zu einem freien Sitzplatz im Eck führte, süffisant entgegen.

»Ja, darauf wette ich.«

3

»Läuft sie denn auch noch zuverlässig? So alte Uhren gehen doch bestimmt meistens falsch, oder nicht?« Die skeptische Dame im mittleren Alter blickte den Verkäufer kritisch an, während sich dieser größte Mühe gab, seine Geduld mit der etwas schwierigen Kundin zu behalten. Wäre ihre Tochter alleine gekommen, hätte sie die Uhr schon längst gekauft und wäre verschwunden.

»Selbstredend, sie wurde erst frisch von meinem Uhrmacher revisioniert! Natürlich laufen mechanische Uhren immer mit einer gewissen Abweichung, erst recht im Vintage-Bereich. Aber technisch ist alles mit ihr in Ordnung! Zeitmesser wie dieser sind mehr als nur das, was ihr Name sagt. Sie messen die Zeit nicht nur, sie halten sie fest! Es ist ein Stück Handwerkskunst am Handgelenk, von Smartwatches kann man so etwas nur schwerlich behaupten!«

Die Alte blickte den Verkäufer zunächst fragend an, ehe sie nickte und sich wieder ihrer Tochter zuwandte, die das gute Stück bereits an ihrem Handgelenk trug und damit sehr zufrieden zu sein schien. Sie war ihm sympathisch. Eine alte Seele, hätte seine längst verstorbene Mutter sicher gesagt. Anders war es wohl nicht zu erklären, dass sich diese junge Frau mehr für alte Mechanik und

Nostalgie anstatt einen der seelenlosen Modequarzer aus dem nächstbesten Kaufhaus interessierte.

Der Sekundenzeiger der Gyromatic schwebte regelrecht über das klassisch gehaltene Ziffernblatt und verriet ihr so auf die wohl schönst möglichste Art und Weise, wie spät es gerade war.

-

Lucy, die sich beim Anblick ihrer neuen Uhr ein wenig in ihren Gedanken verloren hatte, schreckte auf, als sie bemerkte, wie spät es bereits war. Da hatte sie sich extra dieses teure Schmuckstück gekauft, nur um dann am Ende trotzdem die Zeit zu vergessen. Vielleicht war es dem Stress geschuldet, der langen Anreise und der ganzen Situation. Sie hatte seit ihrer Ankunft vor ein paar Tagen kaum geschlafen, war aufgeregt und zugleich unendlich müde. Ein kleiner Mittagsschlaf nach dem zweiten Juwelierbesuch zum Abholen der nun gravierten Uhr hatte all das nur noch schlimmer gemacht. Und nun war sie hier, in einem der komfortablen Zimmer dieses Luxushotels, welches sie sich normalerweise niemals hätte leisten können. Aber normal war an dieser Reise absolut nichts. Für ein paar Tage, vielleicht auch ein paar Wochen, würde die normale, gutbürgerliche Lucy Duchesne verschwinden und ihre Rolle mit einer mondänen, selbstbewussten Frau tauschen, die sich zur Aufgabe gemacht hatte, den großen Verführer zu verführen. Ihr war klar, dass Henri Nardin ihr nachstellen würde, sobald sie ihn an der Angel hatte. Sie konnte nicht in einem normalen Hotel unterkommen; es musste eine der exklusiven Adressen mit Blick auf die Promenade und den Strand sein. Er sollte denken, dass sie selbst ungeheuer vermögend sei. Schließlich wollte sie nicht einer seiner vielen, kurzlebigen Eroberungen werden, sondern ihm das Herz rauben, um es anschließend gemächlich zerquetschen zu können. Ihr Plan war heikel, schließlich war es völlig unklar, ob er anbeißen würde. Ob ihre Maskerade als selbstbewusste, schnippische und teils gar freche Diva wirklich das bezwecken würde, was sie erhoffte: dass sie sich hierdurch für ihn interessanter machte, als all die anderen Frauen, mit denen er bislang schlief. Sie wollte ihn kokettieren, mit ihm spielen. Die Katze mit ihrer noch lebenden Beute. Fressen würde sie ihn früh genug.

Lucy wusste, dass ein Mann wie Henri Nardin Leichen im Keller hatte. Leichen, die sie ans Tageslicht bringen würde, um so seinen Ruf zu ruinieren. Sie wollte keineswegs, dass dieser Mann stirbt. Sie war keine Mörderin oder ein Todesengel. Nein, sie wollte lediglich, dass er zerbricht. Und dabei genüsslich zusehen. Erst dann, irgendwann, würde sie ihm ihr wahres Gesicht zeigen, ihm ihre Hintergründe enthüllen und ihn an die Dinge erinnern, die er vermutlich vollkommen vergessen hatte. Er hatte damals ein intaktes Leben, einen hoffnungsvollen Menschen, ein großes Herz ohne jegliches Erbarmen in tausend Scherben geworfen. Und Lucy sollte verdammt sein, wenn sie ihm dies nicht heimzahlen würde.

Zufrieden warf sie einen Blick in den Spiegel. Sie
sah gut aus, das musste sie ganz uneitel zugeben.
Sie hätte nicht gedacht, dass ein teures Outfit,
passender Schmuck und eine neue, mondäne Frisur sie
in eine völlig andere Person verwandeln könnte. Und
doch stand sie nun hier, so wie vielleicht damals
vor gut zwanzig Jahren auch ihre selige Mutter.
Nur, dass sie sich keineswegs dieses Hotel hätte
leisten können. Schon gar nicht in den harten
Nachkriegsjahren. Nein, Mutter suchte in dieser
Stadt das Glück.

Doch gefunden hat sie stattdessen die Hölle ihrer
eigenen Dämonen.

Geistesabwesend griff Lucy, ohne ihren Blick von
der mysteriösen Schönheit im Spiegel abzuwenden,
nach ihrer neuen Armbanduhr und legte sie sich ums
Handgelenk. Sie wusste, dass Henri Nardin Uhren
sammelte. Was also war geeigneter, um gut ins
Gespräch zu kommen, als ein teurer, Schweizer
Zeitmesser für Herren am zierlichen Handgelenk
einer jungen Dame?

All dies mochte kostspielig sein, ihr ohnehin nicht
endloses Budget schon jetzt erheblich aufbrauchen.
Doch sie würde sorgen, dass es nicht umsonst war.

Henri Nardin müsste dafür bezahlen.

In jeder Hinsicht.

–

»Ich muss ganz direkt zugeben, dass Sie mir schon
beim Betreten des Casinos direkt aufgefallen sind!«

Henri Nardin lächelte charmant, während er von
seinem Glas nippte. Lucy blickte auf, nachdem sie
kurz in Gedanken abgeschweift war und wieder einmal
über den Plan nachgedacht hatte, der ihr am
Nachmittag in ihrem Hotelzimmer in den Sinn kam.
Sie war fast schon erschrocken darüber, wie einfach
die Kontaktaufnahme zu diesem Mann gelang, der in
Nizza nicht nur einen Ruf als Lebemann, sondern
auch als Gönner der Stadt und überaus erfolgreicher
Unternehmer hatte.

»Sie schmeicheln mir, Monsieur!« Lucy setzte ein
verruchtes Lächeln auf und blinzelte in Zeitlupe,
um ihre langen Wimpern zur Schau zu stellen und
möglichst verführerisch zu wirken. Sie fühlte sich
albern dabei, dieses Theater zu veranstalten, doch
es schien seinen Zweck zu erfüllen: Henri, der
schon nach wenigen Minuten darauf bestand, von Lucy
mit Vornamen angesprochen zu werden, schien sich
seine größte Mühe zu geben, den Casanova zu
spielen. Und tatsächlich musste Lucy eingestehen,
dass dieser Mann charmant war und sie unter
normalen Umständen vielleicht sogar auf seine
Schmeicheleien hereingefallen wäre. Und das, obwohl
wesentlich ältere Männer normalerweise nicht ihr
Fall waren. Im Gegenteil, sie fand es für beide
Seiten peinlich. Der Moment, wenn du mit deinem
Freund in einem Restaurant bist, und euch der Ober
für Vater und Tochter hält. Und mit vierzig oder
spätestens fünfzig warst du entweder eine junge
Witwe, oder würdest im schlimmsten Fall fortan
Pflegekraft spielen, weil du ja unbedingt deinen
Ersatz-Vati heiraten musstest.

»Übrigens ist das eine ausgesprochen schöne Uhr, und eine ungewöhnliche Wahl für eine elegante Dame wie Sie!« Henri warf einen Blick auf Lucys Handgelenk und lächelte, als würde er auch mit ihrer Gyromatic flirten wollen. Es war klar, dass er sie darauf ansprechen würde. Bislang gingen ihre Vorraussagungen auf wie im Bilderbuch.

»Etwa zu groß oder zu aufdringlich?«, hakte Lucy mit gespielter Besorgnis nach. »Mir waren die ganzen Damenuhren nur viel zu klein, man kann gar nicht vernünftig die Uhrzeit ablesen und das Aufziehen ist ein einziges Gefummel!«

Henri lächelte, als würde ihm gerade durch den Kopf gehen, dass er sein Gegenüber lieber *aus*ziehen und *be*fummeln würde.

»Oh nein, keineswegs! Im Gegenteil, Sie steht Ihnen überaus gut. Und Sie haben recht, manche Damenuhr könnte man nur vernünftig ablesen, wenn der Hersteller eine Lupe mitliefern würde!« Henri schien kurz darüber nachzudenken, ob er seiner Begleitung den folgenden Satz mitteilen sollte, oder ob er damit zu angeberisch und großspurig klang. »Wissen Sie, ich kenne mich mit dem Thema ein bisschen aus, schließlich sammele ich Uhren der bekannten Schweizer Manufakturen! Das Modell, das ich gerade trage, nennt sich *Memovox*. Eine faszinierende Uhr!«

Lucy nickte aufmerksam, als würde sie das Thema unglaublich spannend finden oder gar eine Ahnung davon haben, wovon zur Hölle er da gerade sprach. Sicherlich interessierte sie sich für Mode, Schmuck oder Uhren und damit oberflächlich auch für die entsprechenden Hersteller, aber für mehr fehlte ihr das Verständnis und erst recht das nötige Kleingeld. Schon jetzt hatte sie das Gefühl, ihr Handgelenk nur vorsichtig bewegen zu können, um nicht ihr neues Schmuckstück schon am ersten Tag zu verkratzen. Geschweige denn bei Exemplaren, die noch weitaus mehr kosteten.

»Sie scheinen ein Mann mit vielen Hobbys zu sein!«, lenkte Lucy charmant vom Thema ab, um etwas mehr über die Vorlieben ihres Gegenübers zu erfahren. Auch, wenn er bekannt wie ein bunter Hund war und sie dadurch auch schon vorne herein einiges über ihn erfahren hatte. Henri lachte.

»Ja, da haben Sie wohl recht. Aber ich weiß im Gegenzug kaum etwas über *Sie*. Sie stellten sich mir vorhin als Künstlerin vor. Was genau für Kunst?«

Lucy nippte entspannt an ihrem Champagner, auch wenn die Nervosität in ihr brodelte. Sie hoffte inständig, dass sie ihre kleine, erfundene Geschichte richtig vortragen konnte und sich nirgendwo Logikfehler eingeschlichen hatten.

»Vielleicht war der Begriff *Künstlerin* etwas hochtrabend, ich stehe noch am Beginn meiner Laufbahn und habe auch noch keinerlei Reputation auf diesem Gebiet. Aber ich bin finanziell unabhängig, mein Vater war im Management eines großen Bankhauses tätig und hinterließ meiner Mutter und mir nach seinem frühzeitigen Tod ein großes Vermögen.« Lucy klang so überzeugt wie

möglich, während sie ihre erdachte Biografie in
Kurzform vortrug.

 »Mein Beileid!«, entgegnete Henri empathisch.
»Also versuchen Sie nun hier in Nizza, als
Künstlerin Fuß zu fassen?«

»Nein, ich bin nur als Touristin hier. Aber ich
erhoffe mir Inspiration von dieser schönen Stadt
und ihren Einwohnern. Außerdem besteht ja die
Hoffnung, dass ich hier Kontakte knüpfen kann oder
gar einen Mäzen finde!« Lucy lachte kurz, um ihre
Nervosität zu überdecken. Tatsächlich war sie
künstlerisch tätig, wenn man es so nennen konnte.
Sie zeichnete in ihrer Freizeit gerne Porträts,
Alltagsszenen, auch abstrakte Motive. Ganz gut,
vielleicht sogar sehr gut. Aber niemals hätte sie
sich deshalb als Künstlerin bezeichnet.

»Vielleicht könnte ich Ihnen helfen. Ich bin selbst
zwar kein Kunstsammler, aber ich kenne viele
wohlhabende Mäzene. Dürfte ich Ihnen einen
Vorschlag machen?«

Lucy hielt zunächst kurz inne, ehe sie lächelnd
nickte. Der Fisch biss an.

»Am morgigen Tag findet eine Ausstellung exotischer
Fahrzeuge in der Gegend statt, ich bin dort
regelmäßig mit einem meiner Sportwagen zu Gast und
wurde Sie gerne als meinen Gast hierzu einladen.
Sie würden viele interessante Leute kennenlernen!«
Wieder lächelte Henri charmant, als würde er damit
sein Gegenüber vollends überreden wollen.
Tatsächlich war sich Lucy nicht sicher, ob dies

eine so gute Idee war. Andererseits hatte sie nicht so früh damit gerechnet, von Henri zu einem Ausflug eingeladen zu werden. Im Grunde genommen war es genau das, was sie sich nur erhoffen konnte.

»Nun, offen gesagt ... kennen wir uns doch kaum! Sie sind sehr charmant, aber Sie müssen wissen, dass ich keine der Frauen bin, mit denen Sie scheinbar sonst verkehren! Ich verfüge selbst über genug Geld und lasse mich nicht von solchen Dingen beeindrucken, Monsieur. Und auf eine Romanze werde ich mich ohnehin nicht einlassen!«

Henri, durch diese Worte scheinbar nur noch mehr angespornt, lachte amüsiert.

»Aha! Wir kennen uns kaum, aber dafür kennen *Sie* mich ja offensichtlich dennoch ausgesprochen gut! Interessant, wie sehr doch die Leute über mich zu reden pflegen, wenn ich nicht anwesend bin. Jedenfalls wäre es meiner Meinung nach im Gegenzug nur gerecht, dass ich auch Sie besser kennenlerne. Mir ist bewusst, dass Sie eine Dame sind. Und ich garantiere Ihnen, dass dieser Ausflug sehr nett werden wird und Sie noch eine andere Seite von mir kennenlernen werden, als den amourösen Charmeur! Und ich verspreche Ihnen zugleich ein Zusammentreffen mit der größten Kunstmäzin in meinem Bekanntenkreis. Na, wie klingt das?«

Henri Nardin lehnte sich zurück und blickte sein Gegenüber zufrieden an, als sei er sich bereits sicher gewesen, was sie antworten würde.

»In Ihnen wohnt die Kraft der Überzeugung inne!«
Lucy musterte den durchaus attraktiven Mann, ohne
jedoch auch nur einen Hauch von Gefühlen für ihn zu
empfinden. Nicht einmal Hass. Sie stellte jegliche
Emotionen ein, spielte ihren Part. »Einverstanden,
ich begleite Sie!«

»Hervorragend!« Henri klatschte freudig in die
Hände. »Dann werde ich Sie morgen gegen zehn an
Ihrem Hotel abholen. Sagen Sie ... « Henri hielt
inne, beugte sich ein Stück vor und kniff seine
Augen zusammen, aber hätte sie etwas im Gesicht.
Lucy runzelte die Stirn und lachte amüsiert, wurde
zugleich aber auch nervös über das seltsame
Verhalten des Charmeurs. »Sie erinnern mich an
jemanden! Ganz entfernt, als wäre man sich
irgendwie schon einmal begegnet. Kennen Sie dieses
Gefühl?«

Lucy spürte, wie ihr Mund trocken wurde, ihre Kehle
sich regelrecht zuschnürte. Ihr Puls stieg, ihre
perfekte Maske drohte Risse zu bekommen. Es
erschien ihr wie eine Ewigkeit, in der ihr Henri
Nardin direkt in die Augen blickte und ihn auch ihr
möglichst unbeschwertes Lächeln samt Schulterzucken
zunächst nicht zu beirren schien, ehe er sich
endlich wieder nach hinten lehnte.

»Na ja, wahrscheinlich bilde ich es mir nur ein.
Man begegnet hier tagtäglich so vielen Menschen!«

Lucy nickte hektisch, trank ihren restlichen
Champagner mit einem Schluck leer und atmete dann
tief durch, während ihre Augen unauffällig auf ihre

Uhr wanderten. Es war bereits spät, hoffentlich
würde diese Begegnung bald ihr Ende finden.

»So wird es wohl sein, ich war jedenfalls noch nie
hier! Entschuldigen Sie mich kurz? Ich müsste mich
mal eben pudern!«

»Wieso sagen das Frauen eigentlich immer? Sich
pudern gehen? Sie sehen klasse aus, absolut
perfekt. Wenn sie mal pinkeln müssen, sagen Sie das
ruhig!«, erwiderte Henri schäkernd und wenig
galant, ehe er aufstand und seinen Gast ziehen
ließ.

Ihr Herz raste, alles um sie herum schien sich zu
drehen. Lucy spürte das furchtbare Gefühl des
Schuldigen. Das Gefühl, etwas Abscheuliches getan
zu haben. Sich in eine Situation gebracht zu haben,
aus der sie nicht wieder entkommen konnte. Ihr
wurde übel, als müsste sie sich übergeben. Wie in
Trance drehte sie den Wasserhahn auf, trank einige
Schlucke und betrachtete sich dann in dem großen
Spiegel vor sich. Sie sah eine Frau, die eine
gewisse Ähnlichkeit mit ihr hatte, aber nicht sie
war. Erst jetzt erkannte sie, was Henri eben
meinte. Sie kannte die alten Fotos, die
verblichenen Seiten in den Alben ihrer Mutter.
Damals, in den Nachkriegsjahren, als sie in ihrem
Alter war. Sie liebte Nizza, das mondäne
Nachtleben, welches ein so starker Kontrast zu
ihrer Heimat war. Vom erst wenige Jahre
zurückliegenden Krieg war hier nichts mehr zu
spüren. Es war hier, vor 21 Jahren, als das Leben

der jungen Madeleine Duchesne für immer aus der
Bahn geworfen wurde, sich das einst fröhliche
Mädchen in die traurige Gestalt verwandelte, die
Lucy aus ihrer Kindheit in Erinnerung hatte.
Verfolgt von ihren Dämonen, dem Alkohol, den
Depressionen. Eine unaufhaltsame Abwärtsspirale,
die nach jahrelangem Kampf mit ihrem Freitod vor
wenigen Monaten endete. Sie konnte nie den Schmerz
überwinden, den man ihr damals zugefügt hatte. Der
Schmerz, dessen Auslöser in genau diesem Moment in
der Lounge saß. Lucy wurde beim bloßen Gedanken
schon schlecht. So schlecht, dass sie in diesem
Augenblick den Schmerz ihrer Mutter erstmals
wirklich verstehen konnte.

Lucy war im Begriff, ihren einstigen Liebhaber,
ihren Unglücksboten, zu verführen.

Den Mann, von dem sie stets dachte, dass er schon
längst tot sei, da sie es so von Kindesbeinen an
erzählt bekam. Doch er war hier, quicklebendig und
im Begriff, sie zu umgarnen.

Henri Nardin.

Lucys Vater.

4

»Ich habe mich entschieden, ich nehme sie!« Der Verkäufer lächelte zufrieden, als er diesen sehnlichst erwarteten Satz endlich hörte und auch die kritische Mutter keine Einwände mehr zu haben schien. »Aber könnten Sie mir preislich noch ein wenig entgegenkommen?«

Das Lächeln des Verkäufers wich ein Stück, auch wenn er diesen Satz tagtäglich hörte. Er war ein Antiquitätenhändler und Juwelier, kein Verkäufer auf einem Basar! Aber es gehörte wohl dazu, dass die Leute immer den für sie besten Preis herausschlagen wollten. Ihm ging es ja genauso, als er diese Uhr vor geraumer Zeit den Hinterbliebenen eines hochbetagten, verstorbenen Unternehmers abkaufte, die dessen Haushalt auflösten. Mann, war das ein Anwesen! Der fast hundertjährige, seit einigen Jahren verwitwet und wohl ziemlich vereinsamt lebende Herr hatte in seinem langen Leben erlesene Antiquitäten und Kunstwerke angesammelt, dass man vor Neid erblassen konnte. Ein Teil des Nachlasses ging direkt an ein großes Auktionshaus; diese Sachen lagen finanziell ohnehin außer Reichweite für kleine Händler wie ihn.

»Ich kann nochmal um fünfzig runtergehen, aber mehr ist nicht möglich!«, erklärte er mit freundlicher Stimme und der Hoffnung, damit diesem Gefeilsche ein Ende zu bereiten. Die junge Frau zögerte erst,

nickte dann aber mit Blick zu ihrer Mutter, da
schließlich sie es war, die über das Geld zu
verfügen schien. Erst, als sie ihre Geldbörse
zückte, war klar, dass sie einen Deal hatten.

»Sie gefällt mir wirklich!«, murmelte die neue
Besitzerin des alten Schmuckstücks zufrieden,
während sie auf die Wanduhr hinter der
Verkaufstheke starrte und die Uhrzeit an ihrem
Neuerwerb einstellte.

»Fast schon zwei, wie die Zeit vergeht!«

-

»Fast schon zehn, wie die Zeit vergeht!«, murmelte
Lucy unzufrieden vor sich hin, während sie in ihrem
mondänen Outfit vor dem Hotel auf den Mann wartete,
der so versessen darauf war, sie zu seinem
komischen Treffen mitzunehmen. Hatte sie das
richtig verstanden? Ein Haufen reicher Typen, die
sich gegenseitig ihre teuren Spielzeuge zeigten? In
dem Fall exotische Autos, aber wahrscheinlich auch
die Frauen, die sie mit anschleppten. Wie sehr sie
doch einen Würgereiz bekam, wenn sie nur an diesen
Kerl dachte. Das gestrige Aufeinandertreffen, das
so viele alte Wunden aufriss. Sie war sich sicher,
die Situation gut handhaben zu können, doch die
Realität sah anders aus. Egal, wie viel Mühe sie
sich gab, sie konnte ihre Gefühle nicht ganz
abstellen. Immer wieder musste sie an ihre Mutter
denken. An das Leid, das sie ertragen hatte.
Madeleine Duchesne wurde abgeschossen, als sie als
Liebhaberin uninteressant wurde. Und mit Geld zum
Schweigen gebracht, nachdem er sie geschwängert

hatte. Auf den ersten Blick ein hoher Betrag, doch im Endeffekt für einen Mann wie *ihn* absolut lächerlich und auch schon nach wenigen Jahren aufgebraucht. Dennoch hielt sie ihr Wort, verriet nie jemandem die Herkunft ihres kleinen Bastards. Der Vater unbekannt, früh verstorben. Das bekamen alle zu hören, die nach ihm fragten. Ihre eigene Tochter eingeschlossen.

»Lucy!« Henri Nardin stand lächelnd vor seinem neuen Objekt der Begierde und begrüßte die junge Dame wie bereits am gestrigen Abend mit einem angedeuteten Handkuss. »Ein wenig gedankenversunken, nicht wahr? Ich stand schon zwei Minuten lang mit meinem Wagen direkt dort vorne!«

Lucy warf einen Blick zur Auffahrt des Hotels und erblickte dort tatsächlich einen schwarzen Ferrari. Henri hatte gestern vor ihrer Verabschiedung gesagt, dass er mit diesem Wagen kommen würde.

»Verzeihung! Ja, ich ... war ein bisschen am Tagträumen!«, erwiderte sie verlegen lächelnd. Henri zwinkerte ihr zu.

»Das muss auch mal sein, nicht wahr? Also, sind Sie bereit?«

Lucy nickte dem tatkräftig wirkenden Mann zu und folgte ihm zu dem rassigen Sportwagen, der sicherlich mehr Geld kostete, als ihre Mutter einst in ihrem ganzen Leben verdiente. Und sicherlich weit mehr, als sie damals als Schweigegeld ausgezahlt bekommen hatte.

»Darf ich bitten?« Henri hielt seiner Begleitung die Beifahrertüre auf und streckte seine Hand aus, um ihr in dem Wagen zu helfen. Lucy zögerte kurz, reichte ihm dann jedoch ihre Hand und stieg ein. Der Innenraum des Ferraris roch neuwertig, seine cremefarbenen Ledersitze und die Armaturen passten perfekt zu dem schwarzen Lack.

»Ist noch ein ziemlich neues Auto, oder?«, fragte Lucy möglichst interessiert, nachdem auch Henri eingestiegen war und den Motor gestartet hatte. Ein Lächeln auf seinen Lippen verriet, dass er sich über diese Frage zu freuen schien.

»Letzte Woche an mich ausgeliefert!« Henri drückte aufs Gaspedal, ließ den Motor des Ferraris aufröhren und fuhr dann im schnellen Tempo vom Hotelgelände. *Ausgeliefert*, was für ein passender Begriff. Genau dasselbe Wort hätte Lucy in eben jenen Moment auch benutzt, um ihre Situation zu beschreiben.

»Sind Sie schonmal in einem Ferrari mitgefahren? Wie gefällt er Ihnen?« Henri sprach mit erhobener Stimme, da der Motor des Wagens im hohen Tempo auf der Landstraße so laut war, dass man Mühe hatte, sein Gegenüber vernünftig zu verstehen. Lucy dachte kurz nach, ehe sie den Kopf schüttelte.

»Nein! Aber er gefällt mir sehr. Vor allem in Schwarz, die meisten Ferraris sind doch rot, oder?«

Henri lachte über die Bemerkung seiner Begleiterin, als hätte sie einen Witz erzählt.

»Ja, das typische Ferrari-Rot! Aber wissen Sie, das war mir zu gewöhnlich! Außerdem ist das hier ein eleganter Wagen und diese Eleganz kommt in Schwarz am besten zur Geltung, finden Sie nicht?«

Lucy nickte lediglich mit einem Lächeln, während sie die vorbeiziehende Landschaft betrachtete. Henri hatte ihr bereits zuvor gesagt, dass dieses Treffen außerhalb der Stadt auf dem Gelände eines Golfclubs stattfinden würde. Dennoch war es ein seltsames Gefühl, mit diesem Mann ganz alleine ins Nirgendwo zu fahren. Auch, wenn laut seiner Aussage die Fahrt nur ein paar Minuten dauern würde.

»Haben Sie eigentlich einen Führerschein? Besitzen Sie einen Wagen?«, führte Henri das Gespräch nach einer Weile fort, während er die Fahrt mit seinem Luxusgefährt sichtlich zu genießen schien. Ein fast schon kindliches Grinsen machte sich mit jedem Aufröhren des Motors auf seinem Gesicht breit. Lucy hielt kurz inne, ehe sie unfreiwillig lachen musste. Sie dachte gerade an ihren alten 2CV, der sie verrostet und mit zahlreichen Beulen in den letzten Monaten begleitet hatte, bevor sie auch ihn schweren Herzens verkaufen musste. Nicht gerade ein Auto, das zu ihrer Rolle passte.

»Was ist so witzig?«, hakte Henri amüsiert, zugleich aber auch überaus neugierig nach. Lucy lachte abermals und vergaß hierdurch für einen Moment erstmals den Grund, aus dem sie überhaupt hier war und diese Maskerade abzog.

»Ach, nichts! Ich ... dachte nur an mein Auto. Ein, ähm, 230 SL. Ich fuhr ihn einige Monate, ehe ich mit ihm im Graben landete!«

Henri verzog sein Gesicht, als würde er selbst bei dieser Geschichte Schmerzen erleiden.

»Oh, der Pagode. Ein schönes Modell. Schade um den Wagen!«

Lucy atmete tief durch, als sie bemerkte, dass Henri ihr die Geschichte scheinbar abgekauft hatte. Ein Arzt in ihrem Heimatort fuhr so einen Mercedes, deshalb fiel er ihr als Erstes ein. Ansonsten aber hatte sie absolut keinen blassen Schimmer von Autos, und das war auch okay so. Sie war zufrieden, solange so ein Gefährt vier Räder hatte und sie ans Ziel brachte. Auch wenn Lucy zugeben musste, dass der Ferrari durchaus hübsch anzusehen war. Und wieder ertappte sie sich dabei, für einen kurzen Moment diesen Ausflug fast schon zu genießen. Sie durfte niemals, unter keinen Umständen, vergessen, weshalb sie hier war. Und was dieser so freundliche, galante Herr neben ihr einst verbrochen hatte.

Nach wenigen Minuten Fahrt bog Henri in die Auffahrt des Golfclubs ein, wo sich auf einem großen Parkplatz dutzende automobile Schönheiten samt ihren Besitzern versammelt hatten. Ein elitärer Club mit meist sportlichen Autos von Ferrari, Maserati, Lamborghini über deutsche Fabrikate bis hin zu englischen Luxuswagen wie

Aston Martin, Bentley oder Rolls-Royce. Jeder war in Schale geworfen und wirkte bester Laune. Es war das Klischeebild dessen, wie sich wohl jeder Außenstehende das Leben der Schönen und Reichen vorstellte. Die Szenerie mit Palmen tat ihr Übriges.

»Wenn das nicht unser Henri ist! Dachte ich mir, dass du kommen würdest! Und eine Dame hast du auch mitgebracht, na, was für eine Überraschung!« Lucy horchte auf, als direkt, nachdem sie ausgestiegen waren, ein Mann im mittleren Alter auf sie zukam. Er war elegant und hatte eine gewisse Ähnlichkeit mit Henri, wirkte jedoch reifer und ein wenig älter.

»Tu nicht so überrascht, du wusstest doch, dass ich hier sein würde. Deine Frau hat es dir ja mit Sicherheit erzählt!«, antwortete Henri ein wenig eingeschnappt, was sein Gegenüber zu erfreuen schien.

»Auf jeden Fall hat sie mir von der netten Dame erzählt!« Der Mann kam auf Lucy zu und reichte ihr mit einem charmanten Lächeln die Hand. »Lucy Duchesne, korrekt? Mein Name ist Philippe Baume, der Geschäftspartner von Henri!«

Lucy erwiderte das Lächeln des galanten Herrn, ehe sich Henri zwischen sie drängte.

»Bitte verschone uns zumindest für heute mit deinen zynischen Bemerkungen oder Witzen, ja? Ich möchte Lucy einen schönen Tag bereiten.«

Philippe schüttelte amüsiert den Kopf, während er
Lucy musterte.

»Keine Sorge, ich halte mich zurück. Im Gegenteil,
zum ersten Mal scheinst du eine Dame kennenlernen
zu wollen, die einem Mann deines Standes
entspricht. Sie sind also Künstlerin, ja?«

»*Angehende* Künstlerin!«, korrigierte ihn Henri,
bevor sie es selbst tun konnte.

»Dann müssen Sie meine Frau Audrey kennenlernen.
Sie ist Britin!«

»Ja, dabei sieht sie ganz hübsch und gar nicht wie
ein Pferd aus!«, warf Henri zynisch dazwischen. »Wo
ist sie eigentlich? Muss sie wieder den Smalltalk
mit diesem langweiligen Gesindel übernehmen, vor
dem du dich immer drückst?«

Philippe lachte seinen Geschäftspartner gekünstelt
an, ehe er sich wieder Lucy zuwandte.

»Verzeihen Sie bitte das Niveau meines alten
Freundes, junge Dame! Meine Frau unterhält sich
gerade am Büfett mit einigen unserer Bekannten.
Follow me!« Ohne eine Antwort abzuwarten, drehte
sich Philippe um und lief eiligen Schrittes zu
einem großen Pavillon, in dem ein prachtvolles
Büfett aufgebaut war. Elegante Herren und stilvolle
Damen unterhielten sich angeregt zu Kanapees,
Champagner und klassischer Musik. Eine Frau, an der
Lucy gerade vorbeilief, lachte über eine Bemerkung
ihres Gegenübers dermaßen gekünstelt und
übertrieben, dass sie sich wunderte, ob es ihr

überhaupt irgendjemand abnahm. Vielleicht aber gehörte es in diesen Kreisen auch einfach dazu, sich zu verstellen. Ihr erschien diese Veranstaltung beinahe wie eine Satire, eine Karikatur der oberen Zehntausend. Möglicherweise war sie es aber auch schlicht nicht gewohnt. Und in diesem Moment fühlte sie sich auch nicht danach, sich jemals daran gewöhnen zu *wollen*.

»Schatz?« Philippe rief einer Gestalt mit schlanker Figur, blonden Haaren und einem eleganten, roten Kleid entgegen. Seine Frau, im Gespräch mit dem Gesindel verstrickt, wie Henri es auszudrücken pflegte. Sie drehte sich um und hob ihren linken Mundwinkel zu etwas an, was wohl ein Lächeln sein sollte, aber mehr wie ein milder Schlaganfall wirkte. Lucy wurde bewusst, dass Henri absolut untertrieben hatte. Audrey war mehr als *ganz hübsch*, sie war eine Erscheinung. Ihre großen Augen blickten sie in einer Mischung aus Neugier und Temperament an, ihre leicht hervorstehenden Wangenknochen ließen ihr Gesicht markant und zugleich sinnlich wirken. Ihr mit rotem Lippenstift bemalter Mund schien Männer anzuziehen wie eine Venusfalle Fliegen. Ihr großgewachsener, schlanker Körper ließ sie noch größer wirken, als sie eigentlich war. Lucy erinnerte ihr Anblick an eine Sagengestalt, sie hätte in einem Film problemlos eine Elfe oder einen Engel spielen können. Und dennoch stand sie stattdessen hier, plauderte mit einem rundlichen Kerl mit Halbglatze und dessen im Vergleich zur restlichen Gruppe fast schon bieder-langweilig wirkenden Frau. Vermutlich die Besitzer

eines Unternehmens, das mit Banard
zusammenarbeitete. Industrielle, die Geld ohne Ende
hatten, aber irgendwie trotzdem plump und stillos
wirkten. Man konnte sich als reicher Mensch fast
alles kaufen. Stil aber anscheinend nicht.

»Sie müssen die junge Künstlerin sein, von der mir
Henri erzählt hat. Audrey Baume, für Sie aber nur
Audrey. Es freut mich sehr, Ihre Bekanntschaft zu
machen!« Audrey lächelte, diesmal etwas
natürlicher, was sie gleich weitaus sympathischer
wirken ließ.

»Ganz meinerseits. Henri hat mir viel von Ihnen
erzählt!«, log Lucy ihr Gegenüber schamlos an, was
ihr Begleiter mit einem süffisanten Lächeln
kommentierte. Audrey runzelte die Stirn, ehe sie
erst Henri und dann Lucy musterte.

»So, hat er? Kaum vorstellbar!« Audrey wandte sich
von Lucy ab und stolzierte zu ihrem ein paar Meter
entfernt stehenden Mann, um ihm einen Kuss auf die
Wange zu geben und ihm etwas ins Ohr zu flüstern,
als würden sie gerade geheime Pläne schmieden.
Philippe nickte, ehe er Henri zu sich rief.

»Die beiden Damen haben sicherlich viel zu
besprechen, da stören wir nur. Los, Henri, wir zwei
frönen unserem Männerhobby!«

Henri, der den unterschwelligen Sarkasmus seines
Geschäftspartners in Bezug auf seine Liebe zu
schnellen Autos durchaus verstanden hatte, lächelte
Lucy noch einmal zwinkernd zu und folgte dann
Philippe zu den ausgestellten Schönheiten, womit

sowohl die Luxusgefährte, als auch andere Frauen gemeint waren.

»Wollen wir hineingehen? Hier draußen ist es vielleicht ein bisschen zu laut! Außerdem hängen in der Lobby des Golfclubs einige Bilder aus meiner Sammlung, die ich dem Club als Leihgabe zur Verfügung gestellt habe. Follow me!«

Lucy lächelte über Audreys Bemerkung, kommentierte diese jedoch erstmal nicht und folgte ihr stattdessen in die großzügige und luxuriöse Lobby des Golfclubs. Vor einer Galerie mit mehreren, meist modernen und in Lucys Augen wenig ansprechenden Kunstwerken, blieben sie stehen.

»Sie sagten vorhin *Follow me*, genauso wie ihr Ehemann. Fiel mir nur so auf!« Erhob Lucy nach einer Weile das Wort, da ihr zu den ausgestellten Werken nicht wirklich etwas einfiel. Audrey kicherte, was so gar nicht zu ihrer sonst so unterkühlt wirkenden Art passte.

»Ich bin Britin, wie Sie ja sicher schon wissen. Henris Bemerkungen über meine Herkunft werden immer witziger, wenn man sie zwanzig oder dreißig Mal zu hören bekommt! Jedenfalls ist das eine Redensart von mir, die ich mir irgendwie nicht abgewöhnen kann. Und wissen Sie was? Philippe hat sich mittlerweile so sehr daran gewöhnt, dass er es in letzter Zeit selbst immer häufiger sagt. Und er merkt es nicht einmal!« Audrey lachte abermals, ehe sie Lucy aus dem Augenwinkel betrachtete und sie regelrecht zu durchleuchten schien.

»Sie scheinen nicht sehr interessiert an diesen
Werken zu sein!«, merkte sie mit leichten Zweifeln
darüber an, wieso Lucy wirklich hier war.

»Ehrlich gesagt, nein. Ist nicht ganz meine
Richtung!«, antwortete Lucy offen heraus in der
Hoffnung, so Audreys Zweifel zerstreuen zu können.
Diese nickte anerkennend.

»Respekt. Die wenigsten würden es sich trauen,
einer Kunstsammlerin zu sagen, dass ihnen ihre
Bilder nicht gefallen. Aber wissen Sie was? Es sind
auch nicht meine Lieblingswerke, nur deshalb hängen
sie hier. Es gibt aber auch durchaus moderne
Künstler, die mir sehr zusagen. Mir gefällt Pop-Art
sehr gut; ich habe einige Werke dieses New Yorker
Künstlers, Warhol. Roy Lichtensteins Arbeiten sind
auch überaus interessant, aber mein Mann ließ sich
bisher noch nicht dafür begeistern. Er bezweifelt,
dass diese - wie nennt er sie? - *überdimensionalen
Comics* jemals einen großen Wert haben werden!«

Lucy lachte, weit überzeugender als die Frau beim
Empfang, obwohl sie beide Künstler nur vom
Hörensagen kannte. In der Wohnung ihrer Mutter
hingen etwas grobschlächtige Landschaftsmotive
irgendwelcher lokalen Maler, die nie große
Bekanntheit erlangten. Solche, die man auf
Flohmärkten oder Haushaltsauflösungen fast
geschenkt bekam.

»Ihnen ist bewusst, worauf Sie sich einlassen?«
Audrey blickte ihre Gesprächspartnerin nicht einmal
an, während sie nach einem Moment des Schweigens
diese Bemerkung äußerte, sondern betrachtete

stattdessen eingängig eines ihrer Kunstwerke. Ein
ziemlich grelles Bild, das der Künstler laut
Beschriftung wohl *Erleuchteter Glanz* nannte. Auch,
wenn die Ansammlung an Formen und Farben für Lucy
mehr wie ein pinker, geschmolzener Elefant auf
einer gelben Wiese aussah. Aber es hieß ja schon,
Kunst ist Ansichtssache. In diesem Fall vertrat
Lucy schlicht die Ansicht, dass es keine war.

»Worauf einlassen? Mit der Kunst?«

Audrey schmunzelte über Lucys fast schon naive
Frage. Sie schien die erste Person zu sein, die
ihre Maskerade zumindest ein bisschen durchschaute
und ihren eigentlich so sanften Charakter darunter
entdeckte.

»Nein, Lucy. Ich rede von Henri! Vielleicht sind
Sie noch nicht lange hier, aber sein Verschleiß an
Frauen dürfte Ihnen selbst schon nach kürzester
Zeit aufgefallen sein!«

Lucy nickte verwundert. Es erstaunte sie, dass
Audrey so offen über die negativen Eigenschaften
des Mannes sprach, der immerhin gleichberechtigter
Geschäftspartner ihres Gatten war.

»Ja, er ist ein Frauenheld, nicht? Aber bisher
haben wir uns ja erst zweimal getroffen, wenn man
unser Kennenlernen am gestrigen Abend mitzählt. Und
ich schwöre Ihnen, dass es nicht sexueller Natur
ist. Ich hege kein Interesse an solchen
Abenteuern!«

Lucy, die sich größte Mühe gab, cool und
selbstbewusst zu wirken, wurde durch das laute
Lachen der schönen Kunstsammlerin unterbrochen und
blickte diese verdutzt an, bis sie sich beruhigt
hatte.

»Also erstens ist es mir absolut egal, ob Sie nun
mit ihm ein *sexuelles Abenteuer* anfangen oder
nicht, ich bin ja nicht Ihr Kindermädchen und erst
recht kein Moralprediger. Und zweitens ist für
Henri Nardin *jedes* Treffen mit einer jungen,
schönen Frau sexueller Natur. Er ist ein genialer
Kopf, ein charmanter Liebhaber. Zumindest kann er
das sein, wenn es darauf ankommt. Er wickelt Sie um
den Finger, wenn er nur will. Was mich mehr daran
verwundert, ist die Tatsache, dass eine Frau wie
Sie sich darauf einlässt! Sie wirken gebildet,
selbstbewusst und über den Dingen stehend. Sie sind
damit absolut nicht sein Beuteschema. Außerdem hat
er noch nie eine Dame zu diesem Treffen hier
mitgebracht!« Audrey runzelte die Stirn, als würde
sie über etwas nachdenken, aber es nicht
aussprechen wollen.

»Wollen Sie damit andeuten, dass er in mir
vielleicht mehr sieht als eine kurzlebige Affäre?«
Lucy konnte eine gewisse Freude bei diesem Gedanken
nicht verbergen. Was nicht schlimm war, da Audrey
unmöglich ahnen konnte, was der wahre Grund für
diese Freude war: die Tatsache, sich vielleicht
viel früher als geplant in Henris Leben
einschleichen zu können. Wie ein Parasit, der ihn
unbemerkt von Innen auffressen würde.

»Wer weiß? Jedenfalls ist sein Verhalten sonderbar.
Aber es stört mich nicht. Im Gegenteil, Sie sind
die erste seiner Bekanntschaften, die mir
sympathisch ist!«

»Vielen Dank!«, erwiderte Lucy, die sich von diesen
Worten tatsächlich überaus geschmeichelt fühlte.

»Sagen Sie, wieso kommen Sie nicht zum Essen zu
uns? Nur Sie, Henri kann sich ja dem Pokerspiel im
Casino widmen! Philippe wäre sicher auch erfreut.
Und Sie können mir dort dann auch ihre Werke
zeigen, hier in diesem Trubel ist das doch nicht
gemütlich!«

Lucy vergaß völlig die Zeichenmappe, die sie noch
immer mit sich schleppte. Welch alberne Idee von
ihr, einer Kunstkennerin wirklich ihr hobbymäßiges
Gekritzel vorzeigen zu wollen. Umso besser, wenn
sie nun dafür doch noch einen kleinen Aufschub
bekam. Auch, wenn sie Audreys Neugier ein wenig
verwunderte. Ein gemeinsames Essen mit Henris
Geschäftspartner und dessen Gattin konnte
sicherlich nicht schaden, um weitere Informationen
über ihn zu sammeln.

»Meinen Sie wirklich? Ja, ich würde mich sehr
freuen!«

»Ich meine!«, entgegnete Audrey frech. »Also, dann
heute Abend gegen 19 Uhr? Ziehen Sie an, was immer
Sie wollen. Bei uns gibt es keine Kleiderordnung.
Und keine Geschenke! Von den vielen Weinen, die
mein Mann andauernd von Gästen geschenkt bekommt,
könnte er schon eine eigene Weinhandlung eröffnen.

Zumal es wenig durchdacht ist, einem Großwinzer Weine oder Champagner konkurrierender Marken zu schenken! Und auch keine Blumen, falls Sie daran denken sollten. Es gibt nichts Deprimierenderes als schöne Blüten, die dann langsam verdorren. Das erinnert mich zu sehr an meine eigene Zukunft, also nein danke!«

Lucy musste über das Wortgewitter aus Audreys Mund unfreiwillig lachen, was auch diese zu amüsieren schien. Philippe hatte Glück, diese Frau kennengelernt zu haben.

»Übertreiben Sie nicht! Sie sind doch nur unwesentlich älter als ich!«

»Na ja, immerhin 29. Nächstes Jahr 30! Da kann man sich schonmal ganz langsam über die schwindende Jugend Gedanken machen. Haben Sie mal die Frauen da draußen betrachtet? Die meisten von denen, die über vierzig sind, haben so viel Spachtelmasse im Gesicht, dass sie vermutlich ihr früheres Selbst nicht erkennen würde!«

Audrey verdrehte die Augen, was Lucy abermals zum Lachen brachte. Es amüsierte sie, wie sehr die attraktive Unternehmergattin über diese Gesellschaft spottete, obwohl sie selbst ein Teil davon war. Audrey betrachtete noch einmal das neben ihr hängende Bild, ehe sie einen Blick auf ihre zierliche Cartier am Handgelenk warf.

»Wir sollten vielleicht nach den Männern sehen. Sie wissen ja, dass man Kinder nie zu lange unbeaufsichtigt lassen sollte!«

Lucy stimmte ihrem Gegenüber mit einem Nicken zu, ehe sie ihr zurück nach draußen folgte. Die Gesellschaft war bester Stimmung. Gelächter, das Aufröhren leistungsstarker Motoren und das Streichquartett, das zwar wunderschön, aber von der Menge vollkommen unbeachtet spielte. Dazu verdammt, einfache Hintergrundbeschallung zu sein. Immerhin wurden sie sicherlich gut bezahlt. Henri, der mit Philippe gerade einen Aston Martin DB4 bewunderte, blickte auf und strahlte begeistert beim Anblick der sich nähernden Damen.

»Da seid ihr ja endlich!«, rief er erfreut, als wären sie mehrere Wochen weg gewesen. Wer weiß, vielleicht befand sich im Clubhaus ja ein Zeitloch, anders war seine überschwängliche Begrüßung für Lucy nicht wirklich zu erklären.

»Und, habt ihr euch gut amüsiert?«, fragte Audrey gut gelaunt in die Runde, zu der noch ein weiterer Mann im mittleren Alter gehörte, den Lucy nicht kannte. Vermutlich ein befreundeter Geschäftsmann, der Besitzer des Wagens oder schlicht ein Mitspieler bei einem der Golfturniere. Lucy war sich sicher, dass Henri auch selbst als Spieler tätig war. Sie konnte ihn sich richtig auf dem Green vorstellen, mitsamt karierter Hose und dämlicher Schirmmütze.

»Und? Konnten Sie sich und Ihre Kunst gut verkaufen?« Henris Ton klang wohlwollend, aber auch ein wenig scherzend und zugleich wieder flirtend. Eine Tatsache, die auch Audrey nicht zu überhören schien, da sie anstelle von Lucy antwortete.

»Durchaus, aber ich will mir ihre Werke in Ruhe ansehen. Ich habe sie deshalb für heute Abend zum Essen eingeladen!«

»Eine vorzügliche Idee!«, merkte Philippe amüsiert an. Einerseits, da er Lucy scheinbar ebenfalls interessant fand, andererseits aber auch, da er sich gewiss war, damit seinen Geschäftspartner und Freund brüskieren zu können. Henri blickte jeden in der Runde nacheinander fragend an.

»Aber ... *ich* wollte sie heute Abend einladen. Und anschließend ins Casino!«

»Ach, wie langweilig.« Audrey, die ihrem Bekannten einfach ins Wort fiel, schien keinen großen Hehl aus ihrer Ablehnung ihm gegenüber zu machen. »Man schleppt doch eine Dame nicht ins Casino und lässt sie dann dumm am Pokertisch herumstehen! Nein, geh du ruhig ins Casino, wir kümmern uns um Lucy. Oder hast du Angst, dass wir dich ihr madig machen wollen?«

»Offen gestanden, ja!«, merkte Henri zähneknirschend an. »Aber lassen Sie sich nichts einreden, ja?«

Lucy lächelte über Henris fast schon schüchtern vorgetragene Bitte.

»Keine Sorge. Ich weiß ja schon ungefähr, wie Sie ticken! Außerdem scheinen Sie immer noch dem Missverständnis aufzusitzen, dass wir beide miteinander ausgehen würden. Ich habe lediglich

diesem Ausflug zugestimmt; von einem Abendessen und
einem Besuch im Casino war nie die Rede!«

Philippe lächelte Henri feixend zu, während dieser
Lucy anblickte und nach Worten suchte.

»Diese Frau macht mich fertig!« Er lachte, um seine
eigene Sprachlosigkeit etwas zu überdecken, ehe er
in Richtung des Büfetts blickte, um schnellstens
das Thema zu wechseln. »Wann wird der Lunch
serviert? Ich verhungere!«

Lucy blendete den darauffolgenden Wortwechsel
zwischen Henri, Audrey und Philippe vollkommen aus,
während sie ihr Ziel betrachtete. Vor ihrem
geistigen Auge immer wieder der Anblick ihrer
Mutter, nachdem sie sie eines Morgens aufgefunden
hat. Im Badezimmer, mit aufgeschnittenen Pulsadern.
Henri hatte recht, diese Frau würde ihn fertig
machen.

Weit mehr, als er es erahnte.

5

Lucy kauerte auf dem aufgewärmten, zerkochten Essen herum, während sie vom Esszimmer aus in die Wohnstube blicken konnte. Mutter saß dort, hörte im Radio traurige Chansons, die sie nur noch mehr in das schwarze Loch zogen, an dessen Abgrund sie seit nunmehr zwölf Jahren stand. Seit der Geburt ihres unehelichen Kindes.

Lucy blickte auf ihren Teller, schob die Reste des unappetitlich aussehenden Essens beiseite und stand auf, um mit langsamen Schritten zu ihrer Mutter zu gehen. Vorsichtig, wie ein kleines Reh, das vor den Jägern auf der Pirsch aufpassen musste.

Madeleine Duchesne war einst eine wunderschöne Frau, selbst jetzt strahlte sie noch viel Schönheit und Würde aus. Darauf legte sie auch Wert, schließlich betrieb sie weiterhin den kleinen Einkaufsladen, der ihr Viertel mit Lebensmitteln versorgte. Dennoch war es ein offenes Geheimnis, ihre Alkoholsucht und ihre Depressionen. Und ihre arme kleine Lucy, die darunter zu leiden hatte. Mutter war wie ein Fabelwesen, in dem zwei Kreaturen zugleich steckten. An manchen Tagen war sie in Lucys Augen ein zauberhafter Engel oder eine Elfe, zu Späßen aufgelegt und kreativ. Sie konnte viel lachen, besaß einen wundervollen Humor. An anderen Tagen jedoch, von Lucy als *dunkle Tage* bezeichnet, verwandelte sie sich in ein Monster.

Wenn sie die Erinnerungen wieder einmal einholten,
sie zur Flasche griff, wurde sie reizbar,
unberechenbar. Aggressiv. Gewalttätig. Lucy wurde
in der Schule manchmal von einem älteren Mädchen
verprügelt. Worüber sie eigentlich sogar froh war,
da sie dadurch die blauen Flecken verbergen konnte,
die ihr ihre eigene Mutter zugefügt hatte. Bei den
Verbrennungen durch ausgedrückte Zigaretten konnte
das schon schwieriger werden. Aber es gelang Lucy
irgendwie immer, diese Verletzungen zu verbergen.
Und sie verheilten restlos, im Gegensatz zu ihren
seelischen Narben. Diese blieben, unsichtbar für
jeden, auf ewig erhalten.

»Mama, geht es dir gut?« Lucy fragte, obwohl sie
die Antwort längst kannte. Zur Vorsicht blieb sie
am Türrahmen stehen, während sich ihre Mutter zu
den Klängen von Édith Piaf betrank. Sie blickte
auf, starrte sie eine Weile mit ihren verquollen
wirkenden Augen an und lächelte dann sanft.

»Schätzchen!« Ihre Stimme klang abwesend und
schwach. »Mama muss nachdenken. Geh doch bitte in
dein Zimmer und spiele, ja?«

Lucy hielt inne, nickte dann jedoch und verließ mit
langsamen Schritten den Raum. Sie hatte Glück, an
diesem Tag war ihre Mutter nicht wütend, sondern
nur traurig. Sie wusste, was es bedeutete, wenn sie
in ihr Zimmer geschickt wurde: dass Mama wieder
ihre Tabletten nahm, die ihr der Arzt verschrieben
hatte. Aus irgendeinem Grund hatte sie kein Problem
damit, sich ihrem Kind beim Trinken zu zeigen. Aber
bei der Einnahme von Antidepressiva schon. Es

wirkte ohnehin kaum bei ihr, sie stopfte die Tabletten inzwischen in sich hinein wie Kaubonbons, ohne dass sich ihr Gemütszustand groß verbesserte.

Der kleinen Lucy war all das bewusst, und sie kam damit klar. Mit dem Alkohol, den Tabletten, den Stimmungsschwankungen, selbst mit den Schlägen. Nur eine Sache allein konnte sie nie überwinden, nie vergessen: die Tatsache, dass indirekt *sie* sich die Schuld daran gab. Mami war traurig, weil Papa nicht mehr hier war, er sie allein mit ihrer Tochter gelassen hat. Lucy wusste das, und es schmerzte sie sehr. Denn wie schon ihre Mutter in einem ihrer Wutanfälle einst gesagt hatte:

»Ich wünschte mir, du wärst niemals geboren worden!«

–

»Ist was mit Ihrem Drink nicht in Ordnung? Sie starren ihn jetzt schon so lange an, als würden Sie vermuten, dass ihn jemand vergiftet hätte!« Henri scherzte bei Anblick seiner abwesend wirkenden Begleitung und brach damit das minutenlange Schweigen zwischen ihnen. Auf der Rückfahrt war zunächst er sehr wortkarg gewesen, seit dem Antreffen in der gemütlichen Bar dann wiederum sie. Es war seine Idee, sie zumindest noch auf einen Drink einzuladen, wenn schon das geplante Dinner entfallen würde.

Lucy blickte auf, lächelte sanft und nickte. Erstmals schien sie ihrem Gegenüber für einen kurzen Augenblick ihr wahres Ich zu zeigen: eine

empfindsame, nachdenkliche Frau, die in ihrem Leben
nie die Anerkennung bekam, die sie ihrer Ansicht
nach verdient hatte. Nicht, dass sie von Henri
erwartet hätte, dies zu verstehen.

»Ja, alles gut. Ich habe nur nachgedacht!«

»Über uns, nicht wahr?« Henris Stimme klang
besorgt, fast schon ängstlich. Erst jetzt fiel Lucy
auf, dass sich sein Ton ihr gegenüber auf einmal
persönlicher, vertrauter anhörte. »Ich hatte seit
Ihrem Gespräch mit Audrey das Gefühl, Sie würden
mehr Abstand zu mir halten als vorher. Egal, was
sie Ihnen auch gesagt hat: so bin ich nicht!«

Lucy starrte Henri erstaunt an. Für einen Moment
wusste sie nicht wirklich, was sie darauf antworten
sollte, ehe sie wieder in ihre Rolle zurückfiel und
sanft lächelte.

»Es ist nicht deswegen, ich dachte nur an ... ein
Ereignis aus meiner Kindheit, an das ich gerade
erinnert wurde. Kann es sein, dass Sie wieder
Annäherungsversuche machen? Henri, ich hatte Ihnen
gesagt, dass wir keine Affäre beginnen werden. So
eine Frau bin ich nicht! Schon gar nicht nach der
kurzen Zeit. Das heutige Treffen war sehr nett,
aber ich werde keine Ihrer Eroberungen!« Lucy hatte
große Mühe damit, mit Henri überhaupt über dieses
Thema zu reden, ließ sich jedoch nichts anmerken.

»Auch nicht, wenn ich Ihnen sage, dass es bei Ihnen
anders ist als bei all den anderen Frauen?« Henris
Worte ließen Lucy aufschrecken. Natürlich war es im
Grunde genommen genau das, was sie geplant hatte.

Dennoch überraschte es sie, in welchem Tempo er
voranschritt. Schließlich hatte sie zumindest ein
paar Wochen eingerechnet, um sich sein Vertrauen zu
erschleichen. Sie räusperte sich kurz, beugte sich
ein Stückchen vor und legte wieder ihr kühles,
unnahbares Gesicht auf.

»Wie vielen Frauen haben Sie das schon gesagt, hmm?
Ich weiß nicht genau, was Sie in mir sehen, lieber
Henri. Aber ich gehe meinen eigenen Weg und lasse
mich von einem Mann wie Ihnen nicht als einfaches
Vergnügen oder als Errungenschaft missbrauchen.
Wenn Sie angeben wollen, kaufen Sie sich doch noch
ein paar Ferraris. Aber mit Frauen sollte man nicht
angeben. Sehen Sie es mal aus diesem Standpunkt:
wie würden Sie eine Frau nennen, die fast täglich
mit einem anderen Kerl schläft? Seien Sie ehrlich!«

Henri hielt kurz inne, ehe er amüsiert lächelte.

»Vermutlich eine Hure!«

»Hmm, genau. Und wie nennt man einen Kerl, der fast
täglich mit einer anderen Frau schläft?«

Henri lachte laut auf und nahm einen Schluck von
seinem Drink, ehe er antwortete.

»Einen Glückspilz!«

»Ja. Oder einen tollen Hecht, ein Frauenheld, was
weiß ich. Positive Begriffe, die Anerkennung oder
gar Neid bezeugen. Aber am Ende sind beide Sachen
genau dasselbe, auch wenn es bei euch Männern mehr
als Sportdisziplin angesehen wird. Am Ende des

Tages, lieber Henri, sind Sie nichts weiter als eine männliche, unbezahlte Hure!«

Henris Lachen verstummte, er blickte sein Gegenüber erstaunt an. Zu Lucys Verwunderung konnte sie in seinem Gesicht keine Wut, sondern vielmehr Enttäuschung ablesen.

»Wieso sagen Sie so etwas?«

»Weil es so ist, öffnen Sie Ihre Augen! Sie sind über vierzig, wohlhabend und erfolgreich. Haben Sie nie daran gedacht, dass das nicht das wahre Leben ist? Männer wie Sie schwafeln von Liebe, von Romantik. Dabei habt ihr überhaupt keine Ahnung, was Liebe bedeutet!« Lucy trank ihren Drink mit einem Schluck leer, griff nach ihrer Handtasche und stand auf. »Und bis Sie das verstanden haben, lieber Henri, sollten Sie nicht mit einer Frau reden, für die *Liebe* mehr ist als eine leere Phrase. Und nun entschuldigen Sie mich bitte, ich muss mich noch für die Einladung am Abend richten!«

Lucy wandte sich ihrem Verehrer ab und eilte mit stolzen Schritten davon, ohne sich noch einmal umzudrehen. In ihr wuchs die Angst, dass er ihr folgen und sie zur Rede stellen würde. Doch sie war sich ziemlich sicher, ihn richtig eingeschätzt zu haben. Er würde sitzenbleiben, sich Gedanken über ihre Worte machen. Und bald schon wieder vor ihr stehen, so viel war sicher. Ein Außenstehender hätte ihr Vorhaben vielleicht nicht verstanden, ihre Worte als seltsam empfunden. Schließlich war es auf den ersten Blick nicht sehr einleuchtend, warum man einer Person, die man für sich gewinnen wollte, Beleidigungen an den Kopf warf. Lucy jedoch war sich bewusst darüber, dass einen Mann wie Henri dies nur noch mehr anspornen würde. Sie war mehr als das hübsche, liebenswert-dümmliche Püppchen, das ihm blind folgte.

Und damit wurde sie für ihn erst richtig interessant.

Ein dunkelgrüner Jaguar Mark 2 holte Lucy pünktlich vor ihrem Hotel ab. Am Steuer saß zu ihrem Erstaunen keineswegs ein Chauffeur, sondern Audrey, die in freudiger Erwartung zu sein schien.

»Entschuldigung, dass ich Sie mit dem Zweitwagen abhole. Philippe wollte, dass ich den Silver Shadow nehme, aber mit dem fühle ich mich zu unsicher. Der Jag ist mir lieber, übersichtlicher. Ich nehme ihn gerne für Einkaufstouren!«, erklärte Audrey fast schon peinlich berührt darüber, ihren Gast nur mit einem Wagen der gehobenen Mittelklasse abzuholen. Es erstaunte sie, dass diese so elegante Frau überhaupt selbst fuhr. Andererseits passte ihre selbstbewusste Art sehr gut zu dieser Tatsache, schließlich wollte sie nicht von den Diensten eines Chauffeurs oder gar ihres Mannes abhängig sein.

»Das ist doch vollkommen in Ordnung, mit Autos kenne ich mich sowieso nicht so gut aus!«, merkte Lucy bester Laune an. »Ein schöner Wagen. Ich bin froh darüber, mit Ihnen den Abend zu verbringen. Denn, na ja, das Treffen mit Henri endete vorhin ... nicht so gut!«

Audrey warf ihrer Beifahrerin einen erstaunten
Blick zu, während sie aus der Hotelausfahrt fuhr.

»Er hat Sie doch nicht etwa abserviert, oder? Das
würde mich doch mehr als wundern, nach all dem
Theater!«

»Nein. In gewisser Weise habe *ich* ihn abserviert.
Nun, nicht offiziell, aber ich bin durchaus forsch
mit ihm umgegangen. Ich ... habe ihn aufgrund
seiner vielen Affären als männliche Hure
bezeichnet. Nicht sehr fein, ich weiß!«

Audrey schien sich ihre Freude zunächst verkneifen
zu wollen, verzog dann aber die Mundwinkel und
lachte schließlich laut auf.

»Oh, das ist perfekt! Und es wird ihn nur noch mehr
anspornen, ich kenne ihn! Also, alles richtig
gemacht. Es sei denn, Sie *wollten* ihn loswerden!«

Lucys Augen musterten Audrey. Sie musste zugeben,
sie zu bewundern. Sie hatte etwas an sich, das sie
wie eine große Schwester oder zumindest eine ältere
beste Freundin wirken ließ. Es fiel ihr schwer,
auch sie anlügen zu müssen.

»Offen gesagt: Ich weiß es nicht. Kann sich ein
Mann wie er wirklich ändern? Ich schätze nein.
Außerdem ist er ja wirklich wesentlich älter als
ich!«

»Das hat ihn nie abgehalten!«, murmelte Audrey
gedankenversunken vor sich hin, ehe sie aufs
Gaspedal drückte, als würde sie dadurch ihren Frust
abbauen. Die nächsten Minuten schwiegen sie sich

an, während aus dem Radio leise die junge France
Gall erklang. Ob sie wohl wusste, wie zweideutig
viele ihrer so unschuldig vorgetragenen Lieder
eigentlich waren? Vermutlich nicht. Alleine schon
Les sucettes über ein Mädchen, das einen Lutscher
hat und die Freude darüber beschreibt, wie ihr der
Zuckerguss die Kehle herunterrinnt. Hmm, ist klar.
Texte, wie nur ein Mann sie schreiben konnte.

»Darf ich Ihnen eine ziemlich direkte Frage
stellen, wo wir zwei schonmal alleine sind? Nachher
am Esstisch würde sie ziemlich seltsam wirken!«,
unterbrach Lucy nach einer für sie gefühlten
Ewigkeit die nur von leiser Musik überdeckte
Stille.

»Das klingt ja richtig mysteriös!« Audrey lächelte
sanft, ohne dabei ihre Beifahrerin anzusehen. »Aber
klar, ganz frei heraus!«

»Kann es sein, dass Sie Henri nicht ausstehen
können?«

Audrey lachte müde und wenig überrascht über Lucys
Frage.

»Ist die Erde rund? Klar kann ich ihn nicht
ausstehen. Er ist ein selbstverliebter, kluger und
doch für sein Alter unglaublich kindischer
Casanova! Außerdem ... « Audrey verstummte, ihr
selbstbewusstes Gesicht wich für einen Moment und
ließ einen kurzen Blick auf ihre wahre Gefühlswelt
zu.

»Außerdem *was*?«, hakte Lucy etwas taktlos nach, was Audrey wieder aus ihren Gedanken riss.

»Ach, er wollte mich vor etwa drei Jahren auch mal verführen. Dabei hatte ich das nun wirklich nicht nötig, so wie auch Sie! Am Ende war es dann aber Philippe, der mein Herz gewann. Und mich heiratete. Übrigens hatte seitdem Henri nie wieder eine Affäre, die älter als 25 war! Philippe scherzte mal, dass sein Partner sich vermutlich nur dann zu einer Frau hingezogen fühlte, wenn sie seine Tochter hätte sein können!« Audrey schüttelte hämisch den Kopf, während Lucy bei dieser Aussage kurz schlucken musste. Gott, wenn sie wüsste! Wobei sie sich nicht sicher war, ob Audrey bei aller Abneigung gegenüber Henri ihren Plan nicht vielleicht sogar amüsant gefunden hätte. Doch sie würde es nicht erfahren. Zumindest *noch* nicht.

6

»Erheben wir unser Glas auf einen schönen Abend und
natürlich auf unseren Gast!« Philippe prostete
Lucy, die links neben ihm saß, mit einem charmanten
Lächeln zu. Er hatte sie offenherzig empfangen, ihr
anschließend in Begleitung von Audrey eine kurze
Führung durch das geräumige, luxuriös ausgestattete
Appartement gegeben. Eingerichtet in einem
ungewöhnlichen, aber doch passenden Mix aus
Antiquitäten und modernen Designermöbeln. Dasselbe
galt für die opulente Kunstsammlung, auf die Audrey
sichtlich stolz zu sein schien. Sie waren ein
mondänes Paar, dessen ebenfalls recht großer
Altersunterschied kaum aufzufallen schien, da sich
beide wunderbar zu ergänzen schienen. Allgemein
machten beide den Eindruck, als würden sie eine
wahre Bilderbuchehe führen, vielleicht nach gerade
einmal drei Jahren auch noch nicht so erstaunlich.
Und dennoch, da war sich Lucy sicher, existierten
besagte Bilderbuchehen eben nur dort: in Büchern.

»Schmeckt Ihnen der Wein?«, fügte Audrey, die zur
rechten Seite ihres Gatten saß, gut gelaunt hinzu.
»Ich hoffe, dass Sie keine Abneigung gegen
Meeresfrüchte haben. Mein Mann *liebt* Meeresfrüchte
und Fisch. Langsam habe ich das Gefühl, davon
selbst schon Flossen oder Kiemen zu bekommen!«

Audrey erhob ihr Glas, nahm einen kräftigen Schluck
Rotwein und warf dabei einen Blick zu ihrem Mann,

den Lucy nicht so recht zuordnen konnte. Sie schien recht zu behalten: *keine* Bilderbuchehe.

»Also, Lucy: erzählen Sie uns doch etwas von sich. Ich weiß bislang nur, dass Sie eine Künstlerin sind, laut meiner Frau viel Talent haben und Sie aus der Gegend von Le Havre stammen. Gibt es noch mehr interessante Informationen?« Philippe klang freundlich, zugleich aber auch auffällig neugierig. Er schien nicht nur aus reiner Höflichkeit nachzufragen, sondern ein wirkliches Interesse zu haben.

»Viel zu erzählen gibt es da gar nicht, fürchte ich!« Lucy überdeckte ihre leichte Nervosität mit einem leisen Lachen. »Mein Leben war behütet, aber bisher nicht sonderlich aufregend, wie ich zu meiner Schande gestehen muss. Ich hoffe sehr, das bald schon ändern zu können!«

»Davon bin ich überzeugt!«, warf Audrey dazwischen, während sie ihrem Mann die Mappe mit den Zeichnungen zeigte, die ihr Lucy zuvor überreicht hatte. Philippe öffnete sie und blätterte sich durch die Lucys Meinung nach eher mäßig guten Zeichnungen. Ein anerkennendes Nicken schien Audreys Ansicht zuzustimmen.

»Sehr schöne Werke. Lucy, Sie haben Talent! Vielleicht könnte meine Frau ja eine Ausstellung vorbereiten. Oder was meinst du, Schatz?« Philippes Frage wirkte mehr wie ein Befehl und schien nur eine Antwort zu dulden, auch wenn Audrey offensichtlich nicht mehr groß überredet oder überzeugt werden musste.

»Ja, da ließe sich sicherlich etwas machen.
Mathildes Werke haben eine gewisse Ähnlichkeit,
findest du nicht? Bleistift- und Kohlezeichnungen.
Das ließe sich gut organisieren, vielleicht in
Claudes Galerie.« Audrey warf einen Blick zu Lucy,
die vollkommen unbeteiligt an der Diskussion zu
sein schien. »Vorausgesetzt natürlich, dass Sie das
auch möchten. Ich kenne ja Ihre Vorbehalte
bezüglich Ihrer Kunst, aber mir gefallen diese
Werke ausgesprochen gut. Und das können Sie mir
glauben: damit kenne ich mich aus!«

»Das glaube ich Ihnen aufs Wort! Und ich fühle mich
sehr geschmeichelt.« Lucy nahm einen kräftigen
Schluck von ihrem Wein. Laut Philippe ein besonders
edler Tropfen, auch wenn er in ihren Augen genauso
schmeckte wie jeder andere Wein. Sie hatte nicht
wirklich Verständnis dafür, wie man dutzende oder
gar hunderte von Francs für ein Getränk ausgeben
konnte, nur weil man es besonders lange in
irgendeinem Keller vergessen hatte.

»Aber ich möchte Ihnen damit nicht zur Last fallen
oder Ihre Freundschaft überanstrengen!«

»Ich würde nie etwas vorschlagen, wenn ich es nicht
auch gerne tun würde!«, versicherte ihr Audrey
kopfschüttelnd. »Außerdem, nun ja ... Philippe,
erkläre du es ihr am besten!«

Lucys Gastgeber räusperte sich kurz, ehe er das
Wort ergriff.

»Lucy, ich befürchte, dass ich teilweise schuld
daran bin, dass sich Henri so ... *anders* bei Ihnen
verhält!«

»Inwiefern?« Lucys Stimme klang freundlich, aber
zugleich skeptisch. Sie hatte langsam das Gefühl,
dass Henri und dieses Pärchen zu ihr ebenso
unaufrichtig waren, wie sie zu ihnen.

»Ich hatte neulich ein ernstes Gespräch mit ihm.
Bezüglich seines Lebensstils, seiner Art und Weise,
wie er sich und seine Mitmenschen behandelt. Wir
sprachen darüber, dass er endlich einmal an seine
eigene Zukunft und auch die Zukunft unseres
Unternehmens denken sollte. In diesem Alter noch
ein Junggeselle zu sein, ein Lotterleben zu führen.
Ohne Frau, Kinder oder irgendeinen anderen
Menschen, der ihm wichtig war. Ich dachte erst,
dass er meine Worte wie immer ignorierte. Aber dann
... «

»Kam er mit mir an!«, vollendete Lucy den Satz
erleichtert. Sie hatte mit einer weitaus
schlimmeren Auflösung dieses *Geheimnisses*
gerechnet. »Sie denken also, dass er ernsthaftes
Interesse an mir zeigt, weil er ... *sesshaft* werden
will? Wäre das nicht ein wenig übertrieben? Ich
meine, wir kennen uns kaum. Er geht doch nicht ins
Casino, spricht dort die nächstbeste schöne Frau
mit ein bisschen Niveau an und hofft, sie heiraten
zu können!«

Lucys Bemerkung brachte Philippe zum Lachen,
während zwei Küchenhilfen Tabletts mit
Fischgerichten und Meeresfrüchten samt Beilagen auf

den Tisch trugen. Philippe hatte zu Beginn betont, dass diese Angestellten nicht immer bei ihnen seien, sondern nur bei der Bewirtung von Gästen aushelfen würden. Vermutlich wollte er damit bodenständig wirken, dennoch war es in Lucys Augen ein fast schon unverschämter Luxus, den sie so bislang nur aus Filmen kannte.

»Oh, Henri wäre alles zuzutrauen!«, merkte Audrey mit einem zynischen Grinsen an. »Aber nein, so meinten wir das auch nicht. Uns fiel nur auf, dass er in Ihnen mehr zu sehen scheint, als in all den anderen Frauen. Die hätte er uns nie vorgestellt, und die hätten wir auch nie zu uns eingeladen!«

Philippe nickte zustimmend, ehe er nach seinem Besteck griff und Ausschau nach den großen Fischplatten hielt.

»Richtig. Aber genug von diesem Gerede, jetzt wird gegessen!«

Nach dem festlichen Mahl, welches für Leute wie Audrey und Philippe wahrscheinlich nichts Besonderes war, wurde Lucy von ihren Gastgebern noch zum Verweilen im Wohnzimmer zu einem Drink eingeladen. Eine Einladung, die sie nur zu gerne annahm. Sie fühlte sich wohl in ihrer Anwesenheit, zumal sie den Gedanken amüsant fand, dass Henri in diesem Augenblick wohl zähneknirschend den Abend mit Amelie verbrachte. Der Fisch sollte ruhig noch eine Weile an der Angel zappeln, bevor sie ihn einholen würde.

»Wie ist eigentlich Ihr Unternehmen entstanden?
Also, Banard. Kannten Sie Henri schon lange davor?«
Lucy, die es sich neben ihren Gastgebern auf einem
großen, überaus gemütlichen Designer-Ledersofa
gemütlich gemacht hatte, erhob nach einer Weile
neugierig das Wort, um nach längerem Schweigen mal
wieder ein Gesprächsthema zu finden. Und zugleich
neue Informationen über Henri zu erhalten. Philippe
lächelte verträumt, als würde er in Erinnerungen
schwelgen.

»Oh ja, seit unserer Jugendzeit schon! Henri ist ja
zwei Jahre jünger als ich. Er ist Jahrgang 1925,
ich 1923. Bereits unsere Eltern arbeiteten
zusammen, wenn auch noch in getrennten Unternehmen.
Aber die Kriegsjahre waren hart, sie hinterließen
dauerhafte Spuren. Insbesondere Henris Vater geriet
in finanzielle Schwierigkeiten, weshalb er sich
sogar mit dem damaligen Regime im besetzten
Frankreich abgab. Er musste es, sonst hätte er
nicht überlebt. Na ja, Anfang der 50er Jahre
beschlossen wir jedenfalls als Folge der auch noch
in den Nachkriegsjahren andauernden Probleme,
nachdem wir die Unternehmen von unseren Vätern
übernommen hatten, eine Fusion unter dem Namen
Banard. Das stieß zunächst auf viel Widerstand,
hauptsächlich natürlich von unseren Seniors! Aber
die Zeit gab uns recht, Banard blühte auf und wurde
langsam zu einem sehr lukrativen Unternehmen.
Natürlich sind wir noch nicht auf einem Level mit
den großen Traditionsmarken, aber wir sind auf dem
besten Weg. Durch Expansion und ständige
Neuerfindung. Denn wissen Sie, wer auf alten

Traditionen beharrt, der wird eine Hommage seiner selbst und landet am Ende im Ruin!«

Philippe nickte, als würde er sich selbst für seine kleine Unternehmerrede loben wollen. Dann nippte er genüsslich an seinem Whiskey, während ihm seine Frau mit Martiniglas in der Hand einen Blick zuwarf, den Lucy nicht ganz zuordnen konnte. Zuneigung? Liebe? Genervtheit darüber, dass er Lucy seine gesamte Firmenphilosophie erzählte? Man wusste es nicht. Klar war nur eins: Die Sache mit Henris Vater und seiner angeblichen Zusammenarbeit mit den damaligen Besatzern, also den Deutschen, konnte für sie vielleicht von Interesse sein. Nichts war heutzutage rufschädigender als frühere Kontakte zu den Nazis, gerade als Unternehmer.

»Nun, Lucy, was ich Ihnen noch sagen wollte ... « Philippe wurde vom unangenehm lauten Schrillen des Telefons unterbrochen, das Lucy ebenso wie ihn und Audrey aufschrecken ließ. Mit einem genervten Blick stand er auf und ging in den Flur, wo der Apparat auf einem kleinen Beistelltisch stand. Audrey wartete, bis Philippe hinter sich die Türe geschlossen hatte, ehe sie ein Stück näher zu Lucy rutschte.

»Ich hasse dieses verdammte Telefon! Philippe hat extra ein besonders lautes Exemplar gekauft, weil er zum Nachdenken oft klassische Musik hört und Angst hat, er würde wichtige Anrufe sonst zwischen Tschaikowski und Wagner nicht mitbekommen!«

»Wie genau lief das eigentlich zwischen Ihnen? Ich meine, klar, Henri hatte zuerst Interesse an Ihnen und Sie nicht. Aber wie kamen Sie dann zu Philippe?«, hakte Lucy nach, ohne weiter auf Audreys leicht hämische Bemerkung einzugehen. Sie lachte amüsiert, als sei an dieser Frage irgendetwas witzig.

»Direkt sind Sie ja, das muss ich sagen! Gefällt mir aber, keine Sorge. Philippe hatte sich damals tausendfach für Henri entschuldigt, als seien die beiden Brüder und nicht nur Geschäftspartner. Er benimmt sich sehr beschützerisch ihm gegenüber, trotz aller Dispute und Meinungsverschiedenheiten. Nicht nur, weil sie geschäftlich ein Dreamteam sind, sondern sie auch eine feste und etwa dreißigjährige Freundschaft verbindet! Jedenfalls lud er mich als Entschuldigung zum Essen ein. Er war charmant und überaus freundlich, also stimmte ich zu. Wir verstanden uns auf Anhieb, trafen uns abermals. Und ... na ja, es funkte eben! Viel mehr gibt es da nicht zu erzählen. Weder habe ich einen Vaterkomplex, noch Philippe eine Vorliebe zu wesentlich jüngeren Frauen. Außerdem ist unser Altersunterschied mittlerweile gar nicht mehr so auffällig, finde ich!«

Lucy nickte mit einem Lächeln, um Audrey zuzustimmen. Tatsächlich empfand sie es ähnlich, sie wirkten wie ein tolles Paar. Trotz der vielen Spitzen, die Audrey regelmäßig von sich gab. Vielleicht war es einfach ihre Art.

Nach einer Weile wanderte Lucys Blick zu einem Schränkchen, auf dem mehrere gerahmte Fotos standen. Ein junger Philippe, daneben ein gemeinsames Foto mit Henri und zwei älteren Herren, vermutlich ihre beiden Väter. Das größte Bild in der Mitte und die einzige Farbaufnahme war das Hochzeitsfoto von Audrey und Philippe. Lucy stand auf und betrachtete das Bild lächelnd.

»Sie sehen wunderschön aus. Und so glücklich!«

»Ja, nicht? Dabei ist das noch gar nicht so lange her!«, scherzte Audrey, die ebenfalls aufgestanden war, in ihrer typisch-zynischen Art.

»Und haben Sie nie geplant, Kinder zu bekommen?« Lucy biss sich auf die Lippe, nachdem sie diesen Satz ausgesprochen hatte. Es war unhöflich und wohl etwas zu neugierig. Doch zu ihrer Erleichterung schien Audrey ihr die Frage nicht übelzunehmen, stattdessen schüttelte sie nur den Kopf.

»Nein. Ich schätze, dass ich meine eigene Freiheit und mein jetziges Leben zu sehr liebe. Außerdem weiß ich nicht, ob ich als Mutter so geeignet wäre! Und Philippe ... hängt noch zu sehr der Vergangenheit nach!«

Kommentarlos schob Audrey ein kleines, schlicht gerahmtes Foto aus dem Hintergrund hervor. Das verblichene Bild eines Säuglings.

»Das war Philippes Tochter, aus seiner ersten Ehe. Er war vor mir zweimal verheiratet, beide Ehen endeten in der Scheidung. Sein Lebensstil war Henris in jungen Jahren wohl nicht unähnlich. Seine erste Ehe zerbrach aber hauptsächlich durch den frühen Kindstod der kleinen Lilly! Ich glaube

nicht, dass er nochmal ein Kind bekommen möchte.
Wir sprachen nie darüber, und das ist okay so.
Jedenfalls trägt er sie im Herzen, tagtäglich!«

Lucy schluckte. Sie wusste nicht, dass Philippe
solch einen Schicksalsschlag miterleben musste. Und
er hatte seine Tochter bis heute in Erinnerung.
Eine Tatsache, die ihn erneut wesentlich
sympathischer machte als seinen jüngeren
Geschäftspartner.

»Was ist mit Henri? Es erstaunt mich, dass er trotz
aller Affären ... «

»Nie Vater wurde?« Audrey vollendete den Satz ihres
Gegenübers lächelnd. »Na, wer weiß? Ich denke
nicht, dass er es zugeben würde, wenn es so wäre!
Er erwähnte einmal, dass er der Mutter in dem Fall
einfach eine schöne Summe auszahlen und sie mitsamt
Kind fortschicken würde!«

Lucy nickte nachdenklich, während ihre Augen das
Baby auf dem verblichenen Foto fixierten. Der eine
wollte sein Kind schnellstmöglich auf
Nimmerwiedersehen loswerden, während der andere
seines bis zum heutigen Tage betrauerte. Eine
seltsame Welt.

»Damit habe ich Ihre Unsicherheit nicht gerade
beseitigt, hmm? Tut mir leid, wenn ich Ihnen in
dieser Hinsicht nicht wirklich eine Hilfe war!«,
merkte Audrey, die Lucys nachdenkliche Miene
fehlzudeuten schien, fast schon bemutternd an.

»Keine Sorge, Audrey. Im Grunde genommen haben Sie
mir geholfen. Sogar sehr!«

»Die Nachrichten: Der frühere deutsche
Bundeskanzler Konrad Adenauer ist tot. Er starb
deutschen Medienberichten zufolge nach kurzer
Erkrankung im Alter von 91 Jahren in seinem Haus in
Rhöndorf. Adenauer war von 1949 bis 1963 erster
Bundeskanzler der Bundesrepublik Deutschland und
erneuerte als solcher die Freundschaft zwischen
Frankreich und Deutschland nach dem Zweiten
Weltkrieg. Präsident de Gaulle würdigte ... «

Lucy schaltete das Radio ab und ließ sich auf ihr
Bett fallen. Politik war das Letzte, was sie in
diesem Augenblick interessierte. Sie war müde,
wortwörtlich und sprichwörtlich zugleich. Müde von
dem langen Abend, aber genauso müde von der ewigen
Maskerade. Wieso tat sie all das hier überhaupt?
Wieso diese späte Rache, nach all den Jahren? Nur,
weil sie zufällig die Tagebucheinträge ihrer Mutter
entdeckte, in der diese seitenlang von Henri
schwärmte? Eine Schwärmerei, die abrupt mit einer
kurzen Erwähnung ihrer Schwangerschaft auf der
letzten beschriebenen Buchseite endet.

Natürlich verdiente Henri eine Bestrafung. Wenn
sein fast schon lächerlich anmutender Lebensstil
als ewiger Einzelgänger nicht auch schon eine Art
Strafe war. Doch war Lucy etwa besser als er, wenn
sie solch eine Intrige planen, ihn vernichten
würde? Sie begab sich auf ein Level mit ihm, denn
Rache war der direkte Weg in die Verdammnis, die

persönliche Hölle. Doch sie hatte sich bereits so
weit über den Abgrund gebeugt, dass sie nicht mehr
umkehren konnte. Sie würde vielleicht hinabstürzen,
aber Henri würde sie mit sich ziehen.

Der Abend ergab einige neue, interessante
Informationen. Audrey und Philippe waren nette,
offene Leute. Sie hatte nicht die Absicht, sie
ebenfalls in Schwierigkeiten zu bringen. Doch so
ganz ließ es sich wohl nicht vermeiden. Banard
gehörte Henri und Philippe gleichermaßen. Würde sie
Henri schaden, hätte dies auch unweigerlich
Auswirkungen auf Philippe und das gesamte
Unternehmen. Aber mitgefangen, mitgehangen. Lucy
war bereits zu weit gegangen, um jetzt noch
Rücksicht auf solche Dinge zu nehmen. Außerdem
wusste Philippe ja von der Vergangenheit seines
Freundes und Geschäftspartners, also war er im
Grunde genommen selbst schuld, wenn auch er am Ende
die Konsequenzen zu spüren bekommen würde.

Nur eine Begebenheit an diesem Abend fand sie etwas
seltsam: die Art und Weise, in der sie teilweise
von Philippe angestarrt wurde. Bei ihrer
Verabschiedung machte er gar Andeutungen, die man
als Avancen verstehen konnte. Vielleicht war es
einfach seine Art, freundlich und charmant mit
seinen weiblichen Gästen umzugehen. Dennoch fühlte
sie sich komisch dabei, insbesondere da Audrey
direkt neben ihnen stand und sie diese starke Frau
überaus gern hatte. Und wenn es doch als kleiner
Flirt gedacht war, verstand Lucy ihn ohnehin nicht.

Audrey war in ihren Augen tausendmal interessanter als sie. Wunderschön, mondän. Ja, Lucy musste zugeben, dass auch sie recht gut aussah. Sogar ziemlich gut. Immerhin basierte mehr oder weniger ihr gesamter Plan auf dieser Tatsache. Dennoch vertrat sie die Ansicht, dass Audrey die interessantere Frau war. Aber vielleicht begehrten Männer wie er ja immer das, was sie nicht haben konnten. Eigentlich bedauerlich, denn mit Ausnahme dieser Begebenheit wirkte Philippe weitaus reifer und sympathischer als sein amouröser Freund und Geschäftspartner.

Lucy stand auf, betrachtete sich im Spiegel und wollte sich gerade ihr Kleid ausziehen, als sie ein Klopfen an der Zimmertüre aufschreckte.

»Wer ist da?« Lucys Ruf klang erstaunt, auch wenn sie sich diese Frage eigentlich schon selbst beantworten konnte. Der Zimmerservice kam um diese Uhrzeit jedenfalls nicht vorbei.

»Lucy? Ich bin es, Henri!«

Sie verdrehte genervt die Augen. Ja, sie hatte erwartet, dass er bald vor ihrer Zimmertüre stehen würde. Aber doch nicht mehr *jetzt* und gerade dann, wenn sie sich umziehen wollte! Lucy zögerte, ehe sie schließlich doch die Zimmertüre öffnete und einen reumütig wirkenden Henri vor sich sah. In seinen Händen eine Schachtel Pralinen. Lustig, dass fast jeder Mann Frauen mit schlanker Figur bevorzugte, aber sie einem dann trotzdem ständig Kalorienfutter schenkten.

»Ja, was wollen Sie? Ich wollte mich gerade
umziehen und mich dann hinlegen, es war ein langer
Tag für mich!«

»Darauf möchte ich wetten!«, erwiderte Henri
lächelnd, aber dennoch mit einem unterschwelligen
Sarkasmus. »Philippe und seine Britin sind sehr gut
darin, ihre Gäste zu verwöhnen und um den Finger zu
wickeln. Aber deswegen bin ich nicht hier. Ich ...
wollte Ihnen etwas sagen.« Henri blickte zu Boden
wie ein kleiner Schuljunge, der seiner Mutter oder
einem Lehrer etwas beichten musste.

»Ja, das wäre?«, hakte Lucy etwas gereizt nach, da
sie sein Verhalten nicht wirklich verstehen konnte
und um diese Uhrzeit auch nicht mehr wirklich einen
Nerv dafür hatte.

»Darf ich reinkommen, bitte? Nur ganz kurz?«

Lucy musterte den Mann am Türrahmen kritisch. Alles
in ihr schien *nein* zu schreien, dennoch trat sie
zurück und bat Henri damit wortlos in ihr Zimmer.
Er blickte sich kurz um, legte die Pralinen auf
einen Beistelltisch und stellte dann seine Tasche
ab, die Lucy erst jetzt bemerkte. In ihr war, wie
konnte es anders sein, eine Flasche Banard-Wein.

»Jahrgang 1952, das Jahr unserer Gründung!«, merkte
Henri an, als würde es Lucy in irgendeiner Weise
interessieren. »Nur der beste Wein für ... das
Beste, was mir seit langer Zeit begegnet ist. Nein,
eigentlich ... jemals!«

Teilnahmslos starrte Lucy den sichtbar
eingeschüchtert wirkenden Henri an, ohne sich von
der Stelle zu bewegen. Man sah ihm an, wie
ungewohnt die gesamte Situation für ihn war. Er war
ein Charmeur, ein Lebemann. Aber keiner, der jemals
einer Frau echte Gefühle anvertraute. Henri atmete
tief durch, ehe er sich ein Herz fasste und auf
Lucy zuging.

»Begreifen Sie es denn nicht? Ich ... ich war mir
zu Beginn sicher, dass meine Emotionen und Gefühle
für Sie im Verlauf des Tages wieder vergehen.
Wie ... wie eine kurze, amouröse Gefühlsregung, die
ich aufgrund Ihrer einmaligen Ausstrahlung, Ihres
Charakters verspürte. Ich würde mich wieder
besinnen, dachte ich. Aber vorhin im Casino, mit
Amelie, da ... da merkte ich, wie unwichtig diese
Frau für mich geworden war. Sie existierte quasi
nicht mehr. Ich fühlte kein Verlangen, keine
Anziehung zu ihr. Nicht einmal den Wunsch, mit ihr
zu schlafen. Ich hätte es nicht gekonnt,
solange ... « Henri stockte, sein Blick fixierte
Lucy, die ihn weiter nur schweigend anstarrte.
»Solange *Sie* hier sind! Alles, was ich Ihnen sagen
möchte, Lucy Duchesne, steht eigentlich schon
zwischen den Zeilen. Ich weiß, dass Sie sich Ihre
Meinung von mir bereits gebildet haben. Deshalb war
ich auch von dem Abendessen bei Philippe und Audrey
nicht begeistert. Aber ich kann Ihnen nur von
ganzem Herzen sagen, dass meine Gefühle keineswegs
verflogen sind. Und ich bin froh darüber. Sie
sagten vorhin, dass wir nicht miteinander ausgehen.
Aber ich hoffe, dass Sie diese Meinung noch ändern

werden. Geben Sie mir eine Chance, liebe Lucy.
Lassen Sie sich von mir zeigen, wie ich wirklich
bin!«

Henri atmete tief durch, nachdem er seine kleine
Rede beendet hatte. Lucy, noch immer in
Schockstarre, fand keine Worte für das unerwartete
Geständnis ihres Gegenübers. Zumindest *tat* sie so,
als sei es unerwartet. Dann trat sie vor, nickte
Henri zögernd zu. Ein Lächeln glitt über seine
Lippen, ehe er vorsichtig seine Hände um sie legte.
Er beugte sich vor, küsste sie erst sanft, dann
immer leidenschaftlicher. Lucy ließ es über sich
ergehen, warf sich schließlich ihm in die Arme und
spürte seine Hände um ihren Körper. Seine Küsse
waren sinnlich und wild zugleich, seine Berührungen
intensiv und dennoch nicht zu vulgär. Er berührte
weder ihre Brust, noch ihren Hintern. Schließlich
war am Ende sogar er derjenige, der aufhörte und
sie fast schon wie ein Schuldiger seinen
Scharfrichter anblickte.

»Es ... es tut mir leid. Ich konnte einfach nicht
an mich halten!«

Lucy lächelte sanft. In diesem Moment schien der
Raum unendlich klein, beengend, dunkel. Nur sie und
der Mann, der eigentlich Abscheu in ihr
verursachte. Sie fühlte noch immer seine
Berührungen am ganzen Körper, als würde er eine
allergische Reaktion gegen ihn zeigen. Sie hatte
das Gefühl, ihr würde die Galle hochkommen.

»Das muss Ihnen nicht leidtun! Aber Sie verstehen,
wenn ich aktuell nicht weiter gehen möchte, ja?«

»Natürlich!« Henri nickte verständnisvoll und wirkte dabei zugleich beschämt, was Lucy durchaus überraschte. »Darf ich Sie ... morgen Mittag zu einem kleinen Spaziergang einladen? Wir könnten an der Strandpromenade flanieren, uns unterhalten. Über alles, was uns so einfällt!«

Lucy nickte, mied aber den Blickkontakt.

»Gern! Würden Sie mich nun entschuldigen? Es ... war ein langer Tag und ich bin müde!«

Henri trat einen Schritt zurück, sein Blick sprach Bände. Er war traurig, enttäuscht. Lucy war klar, dass sie ihn so nicht gehen lassen konnte. Sie hatte ihn da, wo sie wollte. Sie durfte das alles jetzt nicht nur deshalb gefährden, weil ihr die Situation zu Kopfe stieg.

»Ich danke Ihnen, für alles. Den wundervollen Tag, Ihre Gesellschaft. Den Kuss. Ich muss das alles nur ... verarbeiten, darüber nachdenken. Verstehen Sie? Den Wein trinken wir später, vielleicht morgen, okay?« Lucy nahm alle Kraft zusammen und lächelte, so unbeschwert und liebenswert wie möglich. Hoffnung machte sich auf Henris Gesicht breit.

»Ja, das verstehe ich! Dann sehen wir uns morgen, ja? Schlafen Sie gut, liebe Lucy!«

Kommentarlos begleitete Lucy Henri zur Türe, als würde sie sicherstellen wollen, dass er auch wirklich ging. Er trat in den Flur, blickte sie an. Sie tauschten sich ein letztes, verheißungsvolles Lächeln aus, ehe sie die Türe hinter sich verschloss. Und zu Boden sank. Sie riss ihren Mund auf, stieß einen stummen Schrei aus, während sich ihr gesamter Körper vor Ekel und Abneigung verkrampfte. Sie wollte weinen, doch selbst ihre Tränen schienen unfähig zu sein, ihren Körper zu verlassen.

Lucy stand taumelnd auf, eilte ins Bad und beugte sich über die Toilette, wo sie sich in einer Mischung aus Abscheu und Selbsthass übergab. Endlich, als hätte sie hierdurch einen Stöpsel gezogen, brach sie in Tränen aus, ließ sich zu Boden fallen und krümmte sich, als würde sie am liebsten ihren eigenen Körper abstoßen wollen. Sie fühlte sich beschmutzt, verabscheuungswürdig.

Sie war nach Nizza aufgebrochen, um ein Monster zu stellen.

Doch mittlerweile gab es ein zweites Monster. Eines, das vielleicht noch viel schrecklicher, widerlicher war:

Sie selbst.

7

»Das macht dann also genau 1.050 Euro, bitte!« Mit einem zufriedenen Lächeln nahm der Verkäufer das Geld von der älteren Dame entgegen und befürchte für einen Moment schon, dass sie sich daran festkrallen würde. Dann, endlich, war dieses lange Verkaufsgespräch erfolgreich zu Ende gegangen.

»Sie erhalten noch die originale Schatulle, in der die Uhr aufbewahrt wurde. Und die Originalrechnung, quasi ein Full Set! Da haben Sie wirklich einen guten Kauf getätigt!«

Die Ältere nickte lediglich, während sie sich die Schatulle und die schon etwas vergilbte Originalrechnung aus dem Jahr 1967 ansah. Ihre Tochter lächelte freudig, sie wurde ihm von Minute zu Minute sympathischer, was er von ihrem Mutterdrachen nicht unbedingt behaupten konnte.

»Mademoiselle Lucille Duchesne.« Die Mutter las mit leiser Stimme den handschriftlich eingetragenen, verschnörkelten Namen auf der Rechnung vor. »Ich dachte, die sei als Herrenuhr verkauft worden?«

»Ist sie auch!«, merkte der Verkäufer lächelnd an. »Sicherlich war sie als Geschenk für den Partner, Vater oder einen anderen geliebten Menschen gedacht.«

»Oder die Käuferin trug sie selbst!«, merkte die
Tochter gut gelaunt an. Der Verkäufer lachte, ehe
er nachdenklicher wurde. Irgendwo, ganz weit hinten
in seinem Gedächtnis, meinte er, sich an ein
bestimmtes Ereignis erinnern zu können. War das
1967? Gut möglich, es würde hinkommen. Damals, als
er noch im Juweliergeschäft seines Vaters
arbeitete. Grün hinter den Ohren, schüchtern und
etwas deplatziert wirkend, ließ man ihn mit gerade
mal 18 Jahren auf die noble Kundschaft los. Sein
Vater vertrat die Ansicht, dass er nur so etwas
lernen konnte. Und es half, in gewisser Weise.
Auch, wenn er den väterlichen Betrieb in den 90ern
an eine große Kette von Juweliergeschäften verkauft
hat und sich danach in diesen kleinen Laden
zurückzog, der etwas abseits der mondänen
Einkaufsstraßen Nizzas lag. Dennoch, nach all der
langen Zeit, schienen die Worte der jungen Frau
irgendeine Erinnerung in ihm auszulösen.

»Ja, wer weiß!«, murmelte er mehr zu sich selbst
als zu seinen Kunden vor sich hin.

»Wer weiß!«

-

Der nächste Tag schien Lucy ein Stück neue
Zuversicht zu bringen. Sie wusste nicht genau,
woher sie die Kraft nahm, an diesem Morgen
aufzustehen und sich für den Tag zu richten, als
sei am Abend zuvor überhaupt nichts geschehen. In
ihr keimte eine Hoffnung auf, die sie so bislang
noch nicht verspürte: die Hoffnung, all dies
möglichst bald hinter sich zu bringen. Wie war es

so weit gekommen? Sie hatte sich all das so
einfach, vielleicht gar schon naiv vorgestellt. Sie
dachte, sie würde wie eine Femme fatale in einem
der vielen Kinofilme vollkommen emotionslos und
kühl ihren Plan durchziehen, ohne Rücksicht auf
Verluste und ohne irgendeine Art von Mitleid. Doch
jetzt war ihr klar, dass es so nicht ablaufen
würde. Denn sie *hatte* Mitleid. Mitleid für einen
Mann, der ihrer Meinung nach eigentlich gar keins
verdiente. Und doch, so sehr sie sich dagegen
sträubte, war es nun eben so. Sie fühlte sich
schlecht dabei, dieses Bühnendrama mit ihm als
unbewusste, tragische Figur aufzuführen.

»Geht es Ihnen heute besser, liebe Lucy? Sie wirken
weitaus unbeschwerter als am gestrigen Abend!«
Henri hielt inne, betrachtete die junge Frau neben
sich und lächelte schwärmend, während ihnen die
angenehme Meeresbrise durchs Haar wehte. Es war ein
sonniger, nicht zu warmer Tag, der Lucys Sorgen
kurzzeitig unwichtig erscheinen ließ. Sie erwiderte
sein Lächeln und nickte.

»Ja, weitaus. Der Schlaf hat mir gutgetan!«

»Das freut mich! Und ... ich wollte mich noch
entschuldigen. Für mein unangebrachtes Verhalten im
Hotelzimmer!« Henri biss sich auf seiner Unterlippe
herum, während sie im gemächlichen Tempo die
Strandpromenade entlang bummelten. Er schien sich
wirklich Gedanken über sein Verhalten zu machen,
was die Theorie von Philippe und Audrey erhärten
würde.

»Das ... müssen Sie nicht! Ich hätte Sie ja auch abweisen können, doch ich tat es nicht. Und ich fühlte mich auch nicht bedrängt von Ihnen. Im Gegenteil!« Lucy gab sich die größte Mühe, unbeschwert und gar kokettierend zu wirken. Henri lächelte verschmitzt und hielt inne. Lucy musste sich selbst eingestehen, dass er ein durchaus attraktiver Mann war. Und er überaus charmant sein *konnte*. Es war also wenig erstaunlich, dass sich so viele Frauen mit ihm einließen. Ein Weltmann, so etwas hatte eine gewisse Anziehungskraft. Andererseits befand sie sich wohl auch nicht in der Situation, dies richtig beurteilen zu können. Es war schwer, ein neutrales Urteil über den Mann abzugeben, der maßgeblich für das Leid und den frühen Tod des einzigen Menschen verantwortlich war, den man liebte. Und erst recht nicht, wenn dieser Mann der eigene Vater war.

»Lucy, ich würde Sie gerne etwas fragen. Ihr Hotel ist ein gutes Haus, komfortable Zimmer und all das, keine Frage. Aber wieso in einem Hotel nächtigen, wenn man Freunde hat?«

»Habe ich die?«, merkte Lucy trocken an, während sie einem Pärchen mit Kinderwagen nachblickte, das ihnen entgegengekommen war. Das hätten vor etwa zwanzig Jahren auch ihre Mutter und Henri sein können. Wenn er es gewollt hätte.

»Selbstredend haben Sie die! Audrey, Philippe und natürlich mich!«

»Ich würde es höchst verwunderlich finden, wenn es *Freundschaft* wäre, die sie in meiner Nähe suchen,

Henri! Oder wie vielen ihrer Freunde geben sie leidenschaftliche Küsse?«

»Guter Punkt! Worauf ich eigentlich hinaus will: Mein Appartement ist ziemlich geräumig und hat mehrere Gästezimmer; Sie hätten also die freie Wahl. Oder denken Sie, ich würde Sie fressen wollen?« Henri lachte über seine eigene Bemerkung in einer kindlichen Art, die Lucy fast schon wieder ansprechend fand. »Glauben Sie mir: Ich bin nicht der böse Wolf, für den Sie mich halten!«

Lucy schmunzelte, ehe sie ihre Augenbrauen hob und Henri kess anblickte. Sie fand Gefallen daran, ihn ein wenig aufzuziehen.

»Nein, denn der böse Wolf *fraß* ja auch sein Rotkäppchen. Ich fürchte, Sie würden etwas *ganz* anderes mit ihr tun!«

Wie erwartet erntete Lucy für ihre Bemerkung das Gelächter ihres Gegenübers, der sie in einer Mischung aus Faszination und Zuneigung anblickte.

»Wissen Sie, ich kenne einen Produzenten, der Erotikfilme hier in Frankreich und in Italien herstellt. Sie wissen schon, für solche Schmuddelkinos! Dem muss ich Ihre Idee erzählen, vielleicht kann er etwas daraus machen!«

»In dem Fall bitte ich, mich nicht als Ideengeberin im Abspann zu nennen. Es käme vermutlich nicht gut an, wenn ich als Künstlerin auch noch an einer Märchen-Erotikverfilmung beteiligt gewesen wäre! Könnten wir das Thema wechseln? Ist ja unangenehm!«

»Sie haben angefangen, nicht ich!« Henri blickte
zuerst aufs Meer, dann zu einem parkenden Bentley
am Straßenrand, ehe er wieder feixend Lucy
angrinste.

»Würde Ihnen ein passender Dialog einfallen?«

»Seien Sie doch endlich mal ruhig!«, erwiderte
Lucy, ohne sich ein Lächeln verkneifen zu können.

»Ach, kommen Sie! Ich weiß, dass Ihnen etwas
einfällt. Sie sind doch nicht etwa prüde, oder?«

Lucy ignorierte Henri und lief stumm weiter, ehe
sie nach einer Weile leise kicherte.

»Ei, Großmutter, was hast du für große Ohren?«

»Damit ich dich besser hören kann!«, antwortete
Henri mit tiefer Stimme.

»Ei, Großmutter, was hast du für große Augen?«

»Damit ich dich besser *sehen* kann!«

»Ei, Großmutter, was hast du für einen großen ... «
Lucy brach den Satz lachend ab und wedelte mit
ihren Händen herum, als würde sie damit ihre
schmutzigen Gedanken fortjagen wollen. Henri lachte
ebenfalls und nahm dann vorsichtig Lucys Hand, was
diese nach einem kurzen Moment der Unbeschwertheit
wieder zurück auf den Boden der Realität
zurückholte.

»Und? Was sagen Sie zu meinem Vorschlag?«

Lucy atmete tief durch, ehe sie Henris Hand nahm, sanft an sich drückte und dann wieder losließ.

»Henri, geben Sie mir mehr Zeit, ja? Außerdem mag ich mein Hotelzimmer und *hasse* es zu packen! Je weniger ich also meine Bleibe wechseln muss, desto besser!«

»Das verstehe ich!« Henri lächelte schelmisch, als hätte er einen Hinterhalt vor. »Ich hätte auch noch einen zweiten Vorschlag für Sie, allerdings fürchte ich, dass auch dafür Kofferpacken erforderlich wäre! Wollen Sie ihn ... trotzdem hören?«

Lucy nickte, das Lächeln auf ihren Lippen war zu ihrem eigenen Erstaunen echt. Henri war an diesem heutigen Tage sehr angenehm, sympathisch. Auch wenn sie wusste, dass all dies vermutlich nur Teil seiner Masche war.

»Wissen Sie, Philippe und ich besitzen seit ein paar Jahren ein gemeinsames Wochenendhaus, etwa eine halbe Stunde Fahrt entfernt. Es war seine Idee, ab und an verbringen wir dort unser Wochenende, bereden Geschäftliches oder empfangen Gäste. Wobei letzteres eher ein Faible seiner Frau ist, sie lädt ständig irgendwelche Künstler zu sich ein. Wie die teilweise aussehen, meine Güte! Zottelige Haare, unrasierte Bärte. Und die Männer erst!« Henri lächelte zufrieden, als er mit dieser kleinen Bemerkung Lucy ein Kichern entlocken konnte. »Jedenfalls finde ich das meistens sehr ermüdend. Ich verbringe mein Wochenende lieber hier in der Stadt. Aber ich kann Philippe diese Sache nicht ausschlagen. Dieses Wochenende ist es wieder so weit. Und ... nun, nach Rücksprache mit Philippe und Audrey, sind Sie herzlich eingeladen. Ich werde dem Hotel die beiden Tage, an denen sie nicht da sind, trotzdem bezahlen. Dann könnten Sie einen Teil Ihres Gepäcks ja im Zimmer lassen. Und, was sagen Sie?«

Henri blickte Lucy an wie ein verliebtes Bürschchen, das gerade seine erste große Liebe nach einer Verabredung gefragt hat. Mit diesen Zetteln, die man sich früher in der Schule zusteckte. *Ja, Nein, Vielleicht*. Lucy erhielt oft solche Zettelchen, vorrangig von Schwachköpfen. Meistens zeichnete sie in diesem Fall ein viertes Kästchen mit der Aufschrift *verpiss dich* auf den Zettel und kreuzte dieses dann an, damit herrschte Ruhe. Nun aber war sie weder in der Schule, noch war Henri ein pickeliger Teenie-Junge mit Hormonüberschuss. Was sollte sie auch alleine in der Stadt, wenn Henri gar nicht da sein würde? Sie war schließlich nicht zu ihrem Vergnügen hier. Wobei, in gewisser Weise schon ...

»Na schön, wenn Sie wollen. Audrey und Philippe haben auch wirklich nichts dagegen?«, hakte Lucy mit gespielter Unsicherheit nach. Henri nickte beschwichtigend.

»Nein, im Gegenteil! Sie waren absolut begeistert von der Idee. Audrey gab mir sogar einen Anreiz für Sie mit, falls noch Überzeugungsarbeit nötig gewesen wäre. Eine Überraschung!«

Lucy runzelte die Stirn. Normalerweise *hasste* sie Überraschungen, sie brachten ihr im Leben selten

etwas Gutes. Bei Audrey jedoch konnte sie wohl eine
Ausnahme machen.

»So, was für eine Überraschung denn?«

Henri hob mahnend den Zeigefinger, als würde er
einen Hund dressieren wollen.

»Hmm, nein. Da Sie nun schon zugesagt haben, kann
es Ihnen ja dann Audrey persönlich sagen! Oh, und
noch was ... «

Lucy wartete auf eine Fortführung des Satzes, die
jedoch nicht erfolgte, ehe sie ihm ein etwas
genervt klingendes »*Was?*« entgegnete. Nichts war
anstrengender als Leute, denen man jeden Satz aus
der Nase ziehen musste.

»Könnten wir vielleicht ... die Förmlichkeiten
ablegen und uns das *Du* anbieten?«

Lucy ließ sich zunächst nichts anmerken, ließ sich
dann aber von Henris Hundeblick um den Finger
wickeln und nickte mit einem amüsierten Grinsen.

»Aber nur, wenn du mich nie wieder anschaust wie
ein Hund, der adoptiert werden will!«

Henri lachte, ehe er Lucy seinen Arm anbot, um sich
bei ihm einzuhaken.

»Sehr gern. Komm, gehen wir noch ein Stück!«

Lucy zögerte kurz, nahm dann aber Henris Angebot an
und hakte sich bei ihm ein. Für einen kurzen
Moment, hier am Strand, fühlte sie keinen Hass,
keine Verachtung, keine unstillbaren Gelüste nach

Rache. Gefühle, die ihr eigentlich hätten Angst machen müssen. Doch stattdessen bekam sie Angst wegen des Gefühls, das sie jetzt, in genau diesem Moment, empfand.

Zuneigung.

–

Mit vorsichtigen Schritten betrat Lucy das alte, nach all den Jahren etwas sanierungsbedürftige Haus. Der Eingang zur Wohnung befand sich direkt neben dem kleinen Einkaufsladen. Schon auf der schmalen Stiege, die in das obere Stockwerk führte, hatte sie das beklemmende Gefühl, dass etwas nicht in Ordnung sei. Sie kannte dieses Gefühl, vielleicht gar eine Art siebter Sinn. Auch, wenn sie selbst nicht einmal wirklich an solche Dinge glaubte. Möglicherweise lag es an ihrer Mutter, die stets eine Vorahnung zu haben schien, wie sich eine Situation entwickeln oder ein Mensch sich ihr gegenüber verhalten würde. Nur einmal, ein einziges Mal, versagte diese Fähigkeit: an dem Tag, an dem sie Henri Nardin begegnete. Die Liebe ließ sie ihre Eingebung und Menschenkenntnis verlieren. Ausgerechnet zu dem Zeitpunkt, an dem sie am nötigsten gewesen wäre. Einmal in ihrem Leben vertraute Madeleine Duchesne einer anderen Person voll und ganz. Nur, um am Ende fallen gelassen zu werden.

»Mama?« Lucy, die enge Stiege endlich erklommen, schlich langsam und geradezu vorsichtig durch die Wohnung. Die kleine Küche, das etwas altmodische, aber gemütliche Wohnzimmer mit dem Plattenspieler.

Er war nicht eingeschaltet, doch sie hörte Musik. Aus dem Schlafzimmer? Nein, auch das war vollkommen leer, ebenso wie ihr eigenes Zimmer.

»Mama? Wo bist du?«

Lucy atmete durch, als sie die geschlossene Badezimmertüre bemerkte. Sie erkannte *La Mer* von Charles Trenet, das gerade im Radio lief. Vorsichtig klopfte sie an die Türe. Es war doch erst früher Nachmittag, normalerweise nahm Mutter ihr Bad immer erst am Abend!

»Mama, ist alles okay?« Lucy stieß diesen Satz aus, obwohl alles in ihr sagte, dass absolut *nichts* in Ordnung war. Sie atmete tief durch, ehe sie die Türe öffnete, das Badezimmer betrat ... einen lauten Schrei ausstieß, zusammensackte. Ihre Mutter, geliebte Mama, noch in der ehemals weißen Bluse, die sie stets im Einkaufsladen trug, in der Badewanne liegend. Ihre toten Augen, die sie anzustarren schienen. Der rechte Arm, der noch aus der Wanne hing, das Blut langsam von den Fingerspitzen auf den Boden tropfend.

»LUCY!« Ein lautes, verzerrt klingendes Rufen ließ Lucy aufschrecken und aus ihrer Schockstarre lösen. Sie drehte sich um, doch Mutter war verschwunden. Panisch riss sie die Türe auf, um zu fliehen, als vor ihr ein vertrautes und doch fremdes Gesicht auftauchte: Henri, wesentlich jünger, als sie ihn kannte, hielt breit grinsend einen Blumenstrauß in der Hand. Das zwischenzeitlich verstummte Radio spielte auf einmal wieder *La Mer*. Lucy drehte sich um, stieß beim Anblick ihrer toten, wieder in der

Badewanne liegenden Mutter einen erneuten, verzweifelten Schrei aus, ehe sie von Henri gepackt wurde.

»Da bist du ja! Und deine Mami ist auch schon da! Alles Gute zum Geburtstag, Mademoiselle!«

»Mademoiselle! Bitte, beruhigen Sie sich doch!« Lucy blickte auf und starrte in das kreidebleiche Gesicht eines jungen Hotelpagen, den sie noch immer am Kragen festhielt. Langsam löste sich ihre Umklammerung und der sichtlich aufgeschreckte Bursche wich einen Schritt zurück. Erst jetzt wurde ihr bewusst, dass sie noch immer in ihrem Bett in dem schönen Hotelzimmer in Nizza lag. Fernab ihrer Heimat, fernab der Erinnerungen an ihre Mutter. Das dachte sie. Doch die Albträume, die sie seit Wochen und Monaten plagten, holten sie nun selbst hier ein.

»Was zur Hölle machen Sie in meinem Zimmer?«, raunte Lucy nach einem kurzen Augenblick der Besinnung den Pagen unfreundlich an.

»Aber ... Mademoiselle, Sie *wollten* doch ausdrücklich um acht geweckt werden, oder liegt da ein Missverständnis vor?«

Lucy starrte den jungen Mann eine Weile lang an, als wäre er ein grünes Männchen vom Mond, ehe sie langsam nickte. Ja, ihr mitgebrachter Reisewecker war so leise, dass sie ihn bereits mehrfach nicht gehört hatte. Und an diesem Tag wollte sie

keineswegs zu spät sein, also nutzte sie den vom
Hotel angebotenen *Weckservice*. Ein Page, der zur
gewünschten Uhrzeit in das Zimmer kam und den Gast
weckte. Ein Service, von dem sich Lucy in diesem
Moment sicher war, ihn niemals mehr nutzen zu
wollen.

»Verzeihen Sie bitte, ich ... hatte einen
Albtraum!« Lucy griff nach ihrer auf dem Nachttisch
liegenden Geldbörse, zog einen beliebigen
Geldschein heraus und drückte ihn dem noch immer
etwas verschreckt wirkenden Mann in die Hand.
»Hier, für Ihre Bemühungen und die Tatsache, dass
ich sie gerade fast erwürgen wollte!«

»Vielen Dank, Mademoiselle! Kann ... ich sonst noch
etwas für Sie tun?«

»Ja. Falls ein Monsieur Nardin an der Rezeption
nach mir fragt: sagen Sie ihm, dass er gefälligst
warten soll!«

»Sehr wohl, Mademoiselle. Ich werde es dem
Rezeptionisten ausrichten!« Der Page verbeugte sich
leicht, ehe er eiligen Schrittes das Hotelzimmer
verließ und wahrscheinlich nun seinen Vorgesetzten
bat, ihn fortan für diesen Service *nicht* mehr
einzusetzen.

Lucy streckte sich ächzend, warf einen Blick auf
die Gyromatic auf ihrem Nachttisch und stand dann
gähnend auf. Ein Blick aus dem Fenster ließ einen
weiteren, sonnigen Tag an der Riviera erwarten. Ihr
Koffer stand bereits gepackt neben dem
Kleiderschrank. Wie von Henri arrangiert würde ein

Teil ihres Gepäcks im Zimmer bleiben, das auch
übers Wochenende weiter bezahlt wurde. Ein
Wochenende mit Audrey und Philippe, im eigenen,
luxuriösen Ferienhaus mit Meerblick und
Bootsanleger. Eigentlich gab es tausend Gründe, um
glücklich darüber zu sein. Wenn es nicht diesen
einen Grund gegeben hätte, es eben *nicht* zu sein:
Henri.

8

Fast schon geräuschlos schien das blaue Rolls-Royce Silver Shadow Coupé über den heißen Asphalt zu gleiten. Gedankenverloren starrte Lucy aus dem Seitenfenster und betrachtete das Meer, die Landschaft. Wie es wohl wäre, jetzt einfach anzuhalten und in die kühlen Fluten zu springen? Eines Tages, nach ihrem Tod, da war sie sich bereits sicher, wollte sie dem Meer übergeben werden. Denn das Meer bedeutete für sie schon immer Grenzenlosigkeit, Freiheit. Selbst ein Stück Unendlichkeit, wenn man so hinaus auf das scheinbar niemals endende Blau blickte. Kein Wunder, dass die Menschen einst dachten, die Welt sei eine Scheibe. Wobei sie manchen der Zeitgenossen in ihrem Heimatort durchaus zugetraut hätte, dies auch heute noch zu glauben.

»Wir sind gleich da!« Philippe, der am Steuer des prächtigen Wagens saß, drehte sich lächelnd zu Lucy um und bog kurz darauf einen schmalen Weg ein. Sie erwiderte sein Lächeln in einem Anflug von Vorfreude. Es war eine glückliche Fügung, dass Henri noch einen dringenden Termin hatte und deshalb erst später dazustoßen konnte, weshalb sie am Hotel von Philippe und Audrey abgeholt wurde. Vielleicht, nur vielleicht, würde es also doch noch ein guter Tag werden.

Nach einigen hundert Metern tauchte eine prachtvolle Villa auf, die man schwerlich als *Ferienhäuschen* bezeichnen konnte. Der wohl einzige Grund, wieso dieses prächtige Haus nicht dauerhaft bewohnt war, lag wohl in seiner Abgeschiedenheit. Das auf einer Anhebung gelegene und von Bäumen umsäumte Anwesen bot freien Blick auf das Meer. Eine kleine Treppe führte hinunter zu einem Steg, an dem eine Segelyacht lag.

»Da sind wir! Und, Lucy, gefällt es dir?« Philippe lächelte Lucy abermals zu, ehe er ohne eine Antwort abzuwarten ausstieg und sich streckte.

»Sehr!« Lucy, der von Philippe und Audrey zuvor auch das *Du* angeboten worden war, stieg ebenfalls aus und genoss die herrliche Aussicht. Nur Audrey schien etwas desinteressiert und verharrte zunächst auf dem Beifahrersitz des Rolls-Royce, um sich den Lippenstift nachzuziehen. Sie wirkte schon den ganzen Vormittag über ein wenig verschnupft, vielleicht auch wegen der etwas übertriebenen Freundlichkeit ihres Mannes gegenüber Lucy. Auch jetzt, draußen vor dem Ferienhaus, blickte er die neugewonnene Freundin lächelnd und fast schon verträumt an.

»Kannst du Segeln?« Philippe deutete auf die Segelyacht am Privatsteg. Lucy lachte, in ihrem Leben war sie nicht einmal in die *Nähe* eines Segelboots gekommen, geschweige denn mitgefahren. In Le Havre hatte sie ab und an die großen Schiffe beobachtet. Luxusliner wie die *Flandre*, die von dort aus nach Amerika fuhren. Ihr Sehnsuchtsland,

fernab aller Probleme und ihrer Vergangenheit.
Dennoch war es ihr eigentlich lieber, mit beiden
Füßen auf festen Boden zu stehen.

»Nein, offen gesagt. Mir scheint, meine Familie
hatte für sowas nie eine große Zuneigung!«

»Oh, dann müssen wir das aber ganz schnell ändern!
Was hältst du von einer kleinen Tour am morgigen
Tag? Henri kann auch mit, er stellt sich da ganz
geschickt an. Natürlich nur, wenn du willst! Audrey
wäre sicher ebenfalls dabei. Richtig, Schatz?«

»Absolut!«, antwortete Audrey, die nun ebenfalls
ausgestiegen war, mit gelangweilter Stimme. Sie sah
wie immer blendend aus, trug ein rotes Tunika-
Kleid, einen weißen Sonnenhut und eine übergroße
Sonnenbrille.

»Und Henri kommt heute Abend, richtig?«, hakte Lucy
nach, um sicherzugehen, bis dahin ein wenig Abstand
und Ruhe von ihm zu bekommen. Sie fühlte, dass sie
diese Auszeit einfach brauchte. Nur ein paar
Stunden, an denen sie die Zeit hier genießen
konnte. Ein paar Stunden ohne die Dämonen der
Vergangenheit, ihre alten Freunde.

»Ja, so war es geplant. Er meinte vorhin am
Telefon, dass er sich beeilen will!«

»Ach was, er soll sich ruhig Zeit lassen!«, merkte
Audrey mürrisch an, während sie bereits zum Eingang
des Hauses lief.

»Bist du so weit, Lucy?«

Lucy, die noch immer ihren Blick über das azurblaue Meer schweifen ließ, ignorierte zunächst Philippes Frage, ehe sie sich langsam umdrehte und lächelnd nickte.

»Wunderbar! Dann komm, ich zeige dir das Haus.« Philippe öffnete die Haustüre und ließ zunächst seine Frau hinein, ehe er die Türe für Lucy offenhielt.

»Das wird garantiert ein Wochenende, das du so schnell nicht vergessen wirst!«

Audrey, die ihr langes Haar zum ersten Mal seit dem Kennenlernen offen trug, flanierte gemächlich neben Lucy über das Gelände des Ferienhauses, welches die darunter liegende Bucht und das Meer überblickte. Die Einrichtung des Hauses war wundervoll, mediterran angehaucht und dennoch nicht dem Kitsch verfallend. Lucys Zimmer stellte definitiv ein Upgrade zu ihrem Hotel dar. Nicht, dass dieses in irgendeiner Art und Weise schlecht gewesen wäre. Aber ihre neue Unterkunft besaß eben uneingeschränkten Meerblick, eins zu null für das Wochenendhaus. Zudem war Audrey, die sie mittlerweile fast schon als eine Art Ratgeberin und vielleicht sogar als Freundin sah, hier an ihrer Seite. Zwei zu null, sorry Hotelzimmer. Doch so sehr Lucy auch Audreys Anwesenheit genoss, so sehr fiel ihr zugleich auf, dass diese am heutigen Tage verändert schien und sie zudem unentwegt anstarrte. War es wirklich wegen Philippe? Wenn ja, hätte sie mehr von ihr erwartet. Es war offensichtlich, dass

Lucy kein Interesse an Philippe hegte, das über
eine gute Freundschaft hinausging. Zumal sie ja –
offiziell – Zuneigung zu Henri hegte.

»Warst du wirklich noch nie segeln?« Audreys aus
dem Nichts kommende Frage überraschte Lucy. »Ist
echt schön. Philippes Yacht heißt übrigens *Lilly*.
Süß, oder?«

Lucy nickte, beantwortete Audreys Frage aber nicht.
Stattdessen fasste sie sich ein Herz und beschloss,
ihre neugewonnene Freundin auf ihr Verhalten
anzusprechen.

»Audrey? Dürfte ich dich etwas fragen?«

»Nur, wenn du mir versprichst, mich nie wieder
vorher um Erlaubnis zu bitten. Ich sage alles frei
heraus, das solltest du auch tun!«

Audrey hielt inne, blickte Lucy an und wartete mit
einem Anflug von Lächeln auf ihre Frage.

»Du ... nun, du wirkst heute ein wenig mürrisch.
Ich frage mich, woran es liegt. Und ich hoffe, dass
nicht *ich* der Grund dafür bin!«

Audrey runzelte die Stirn, rührte sich aber
ansonsten kein Stück, als wäre sie eine
Schaufensterpuppe.

»Wie meinst du das?«

»Na ja, ich habe bemerkt, dass Philippe sehr
zuvorkommend zu mir ist. Ich hoffe, du denkst
nicht, dass ich irgendwelche Absichten hegen würde.

Und ich bin mir sicher, dass auch er nur nett sein möchte!«

Audrey nickte ohne jegliche Gefühlsregung, als hätte sie das soeben Gesagte erst verarbeiten müsste. Dann jedoch entspannte sich ihre Körperhaltung und sie lachte lautstark.

»Oh Lucy, Gott segne dich, du kleiner Spatz! Meinst du wirklich, dass ich deswegen zerknirscht wäre? Nein, ich mag nur diese gemeinsamen Wochenenden mit Henri nicht, das ist alles! Ich weiß, dass dich Philippe gern hat. Vielleicht schwärmt er sogar von dir, aber das ist in Ordnung.«

Lucy lächelte erleichtert. Es war lange her, dass ihr jemand einen Kosenamen gegeben hatte. Auch wenn *kleiner Spatz* recht unsinnig klang. Waren Spatzen nicht immer klein? Oder hatte Audrey mal einen Riesenspatzen gesehen? Einen, der stolz durch die Lüfte flog und Adler jagte?

»Ich dachte das nur, weil du mich schon den ganzen Tag lang so anstarrst! Habe ich was an der Nase? Sehe ich heute besonders doof aus oder was ist es?«, fragte Lucy scherzhaft, was Audrey abermals zu lachen brachte, ehe sie schlagartig wieder ernst wurde.

»Nein, das ist es nicht. Aber ... eine Sache geht mir tatsächlich schon länger durch den Kopf. Und ich dachte mir, dass dies der richtige Ort sei, es anzusprechen!«

»Immer frei raus damit!«, ahmte Lucy ihr Gegenüber
mit einem lockeren Lächeln mit, obwohl ihr Audreys
Verhalten in Wahrheit Sorge bereitete.

»Das Aufeinandertreffen von Henri und dir war doch
kein Zufall, oder? Genauso wenig, wie dein
Interesse an ihm irgendwie auf romantischen
Gefühlen fußt. Ich bin kein Narr, Lucy. Philippe
und Henri magst du täuschen können, aber mich
nicht!«

Audrey blickte Lucy ernst an, schien zugleich aber
auch Gefallen an dieser Unterhaltung zu haben.
Lucys Herz raste, genau so etwas hatte sie
befürchtet! Was also sollte sie sagen? Die
Wahrheit? Nein, unmöglich. Audrey konnte Henri zwar
nicht ausstehen, aber ihren Plan konnte sie nicht
billigen. Es sei denn, sie würde diesen Teil der
Geschichte einfach weglassen.

»Da ... hast du recht! Ich ... ich bin eigentlich
gar nicht reich. Nicht mal annähernd. All das hier,
die Reise, meine Klamotten, mein Schmuck und selbst
die Uhr, habe ich mir nur durch den Verkauf meines
Elternhauses finanzieren können!«

Audrey runzelte die Stirn, ehe sie lächelnd nickte.

»Verstehe! Ich dachte, deine Mutter wohnt dort
noch?«

»Das war gelogen, meine Mutter ist tot!«, erwiderte
Lucy fast schon gereizt, was Audrey zusammenzucken
ließ.

»Das tut mir leid. Meine ist auch gestorben, vor drei Jahren. Aber wieso machst du all das? Wolltest du dir hier einen reichen Mann angeln?«

Lucy lachte über diese Bemerkung, scheinbar sehr zur Verwunderung von Audrey, die ihr Gegenüber anstarrte wie ein großes Fragezeichen.

»Gott, nein! Wie gesagt, die Begegnung mit Henri war zufällig, das wird er dir bestätigen! Ich wollte nur einmal mein Leben genießen, ein paar Tage oder Wochen im Luxus schwelgen, bevor ich wieder zurück in meinen traurigen Alltag muss, wo keiner auf mich warten wird. Als ich Henri traf, verstrickte ich mich in diese Lügengeschichte von der finanziell unabhängigen Künstlerin. Ich ahnte ja nicht, dass daraus *sowas* wird! Aber jetzt ist es zu spät, um einen Rückzieher zu machen. Was wird er von mir denken, wenn er erfährt, dass ich ihn angelogen habe? Oder dich und Philippe! Seine wohlhabende Künstlerin ist in Wahrheit nur die Tochter einer Krämersfrau! Und mein Vater ist mir unbekannt.« Lucy gab sich größte Mühe, traurig und reumütig zu klingen, um ihre Geschichte glaubwürdig zu machen. Und ganz falsch war sie ja auch nicht, Lucy *war* die Tochter einer Krämersfrau, die mit dem Geld vom Verkauf des Ladens und der Wohnung die gut betuchte Kunstschaffende in Nizza spielte. Und ihr Vater war ihr ebenfalls unbekannt, wenngleich auch auf eine andere Art und Weise, als der Satz andeuten mochte.

»Ich kenne das!«, kommentierte Audrey nach einer kurzen Pause Lucys Erklärungen mit trauriger

Stimme. »Ich lernte Philippe und Henri in Wirklichkeit kennen, als sie eine Geschäftsreise nach England machten. Sie haben dort häufiger beruflich zu tun, weißt du? Dort gibt es ein Weingut, das mit ihnen zusammenarbeitet und auch den Vertrieb von Banard-Wein in England durchführt. Weißt du, wo ich ihnen erstmals begegnet bin? Bei einem Sektempfang im Rahmen einer Veranstaltung in unserer Gemeinde!«

»Warst du einer der Gastgeberinnen?«

Lucys Frage entlockte Audrey ein hämisches Lachen.

»Oh, Lucy! Nicht direkt, nein. Ich war eine der jungen Damen, die den Sekt ausschenkten und dafür sorgten, dass es den feinen Herrschaften an nichts fehlte! Mir war dieser Hintergrund unangenehm. Nicht etwa, weil ich mich für meine Herkunft schäme, sondern weil man in den wohlhabenden Kreisen hier wie ein Aussätziger behandelt wird, wenn man *neureich* ist oder gar als normalsterbliche Frau einen reichen Mann geheiratet hat! Aber das war gar nicht geplant, es ist ... einfach so passiert!«

Audrey blickte Lucy eine Weile lang wortlos an, während beide scheinbar nicht zu wissen schienen, was sie der jeweils anderen sagen sollten. Dann schließlich lachte Audrey herzhaft und umarmte Lucy herzlich. Lucy, zunächst etwas unbeholfen, legte ihre Arme um die ein ganzes Stück größere Frau und schloss ihre Augen. Es war so lange her, dass sie zuletzt von einer Person in die Arme geschlossen

wurde. Henri ausgenommen, aber das konnte man wohl
kaum vergleichen.

»So, nun kennen wir also unser beider Geheimnisse!«
Audrey lächelte Lucy freundlich an, ehe sie wieder
ernst wurde und hinauf aufs Meer blickte. »Du
erzählst es doch niemandem, nicht wahr? Philippe
liebt mich, so wie ich bin. Außer ihm, Henri und
dir braucht niemand zu wissen, woher ich wirklich
stamme!«

Lucy runzelte die Stirn und trat einen Schritt
zurück, als hätte sie diese Frage beleidigt. Audrey
kannte sie in Zwischenzeit eigentlich gut genug, um
sie besser einschätzen zu können.

»Denkst du wirklich, ich würde das tun? Natürlich
behalte ich es für mich! Du ... mein Geheimnis
hoffentlich auch! Aber wie soll ich bei Henri damit
umgehen?«

»Versprochen!«, erwiderte Audrey nun wieder
wesentlich positiver. »Und was Henri angeht:
irgendwann musst du es ihm sagen, sofern er es
wirklich ernst mit dir meint und du auch mehr von
ihm willst. Sonst ist es ja egal. Aber ich habe
Verständnis für deine Lüge, Philippe mit Sicherheit
auch. Und falls Henri dich wirklich lieben sollte,
wird er es auch tun!«

Lucy lächelte und nickte, ehe sie sich abwandte und
ihr Tränen in die Augen stiegen. Sie hatte eine
Abneigung dagegen, ihre Gefühle so offen zu zeigen.
Es wirkte jämmerlich, schwach, labil. Alles
Eigenschaft, die sie nicht haben wollte. Schon gar

nicht in ihrer Rolle. Selbst, wenn diese bei Audrey inzwischen ohnehin teilweise enthüllt war.

»Was ... was ist denn los? Hey, habe ich was Falsches gesagt?« Audrey legte sanft ihre Hände um Lucy und sah sie besorgt an.

»Nein, alles gut!«, erwiderte sie in einem weinerlichen Ton, der das genaue Gegenteil von *alles gut* zu sagen schien. Eilig kramte sie ein Taschentuch hervor und wischte sich damit die Tränen ab. »Gefühlsstau, wie ich es hasse! Du bist nur ... die erste wirkliche Freundin, die ich im Leben hatte. So dumm es auch klingt, aber wirklich populär war ich früher nie. Außer bei schwachsinnigen Typen!« Lucy lachte nervös, was auch Audrey ein Grinsen entlockte.

»Kommt mir bekannt vor!« Audrey rollte genervt ihre Augen. Eine Geste, die sie erstaunlich gut konnte und wohl auch recht häufig einsetzen musste. »Aber sag mal: mit den Zeichnungen hast du aber nicht gelogen, oder? Die sind von dir, ja?«

Lucy grinste, da sie in Audreys Stimme eine leichte Panik erkennen konnte.

»Ja, klar, die sind wirklich von mir. Wieso fragst du?«

Audrey biss sich auf die Unterlippe und blickte sich um, als würde sie jemand beobachten oder belauschen können.

»Es sollte ja eigentlich eine Überraschung sein. Andererseits ... scheiß drauf!« Audrey lachte über

ihre eigene Bemerkung, als sei sie selbst
überrascht darüber, als *feine Dame* solche Worte in
den Mund zu nehmen. »Philippe und ich haben eine
Ausstellung für dich organisiert, in der Galerie
eines befreundeten Sammlers. Deine Zeichnungen
werden gemeinsam mit den Werken einer anderen,
bereits sehr anerkannten Künstlerin gezeigt. Es
werden also viele Kenner und Sammler dort sein, die
deine Werke zu schätzen wissen. Und, voilà, schon
bist du in der Kunstszene etabliert!«

Lucy wurde rot und fühlte sich wahrlich
geschmeichelt, auch wenn ihr die ganze Idee
unangenehm war. Sie nahm ihre Zeichnungen
eigentlich nur als Mittel zum Zweck, nicht um
wirklich damit Ausstellungen zu planen. Zumal sie
sich dadurch ein Stück weit abhängig von Audrey,
Philippe und damit indirekt auch Henri machte. Sie
wollte es ihm heimzahlen, nicht ihn oder seine
Beziehungen ausnutzen. Sonst wäre sie nämlich kein
bisschen besser gewesen als er.

»Ich danke dir unendlich, liebe Audrey!« Lucys Dank
war ernst gemeint; trotz aller Vorbehalte rührte
sie Audreys Unterstützung. Und schmerzte sie
zugleich noch mehr beim Gedanken, am Ende auch sie
enttäuschen zu müssen.

»Audrey! Lucy! Kommt ihr? Der Catering-Service ist
da! Henri ist auch schon auf dem Weg!«

Philippes Rufe vom Haus brachte Lucy und Audrey
gleichermaßen zum Schmunzeln. Im Ferienhaus gab es
kein Personal, und keiner von ihnen hatte wirklich
Lust, irgendetwas zu kochen.

»Na, bereit für den Abend?«, fragte Lucy ihr
Gegenüber scherzhaft. Audrey nickte
gedankenversunken, ehe sie Lucy ernst anblickte.

»Wenn er wieder Fisch und Meeresfrüchte bestellt
hat, bringe ich ihn um!«

Lucy warf einen amüsierten Blick zu Audrey, die
finster auf das Fisch- und Meeresfrüchte-Büfett
starrte. Immerhin hatte er auch Fleischgerichte,
verschiedenste Beilagen und Gemüse geordert.
Insgesamt viel zu viel für nur vier Personen, wenn
er die Catering-Lieferanten nicht mit einladen
wollte.

So saßen sie nun allesamt erwartungsvoll an der
großen Tafel im kombinierten Ess- und Wohnzimmer
mit der verglasten Front und dem sensationellen
Ausblick auf das Meer. Die Sonne, die durch die
Fenster in den Raum schien, ließ alles regelrecht
erstrahlen und die ganze Szenerie wirken wie eine
Hochglanz-Fotografie in einem Reiseprospekt. Nur
einer fehlte bislang: Henri.

»Kann er eigentlich wenigstens *einmal* pünktlich
sein?« Audrey murmelte vor sich hin und pickte mit
ihrer Gabel in ihrem Vorspeisen-Salat herum, ohne
überhaupt aufzusehen.

»Er kommt sicher gleich. Ihm kam eben noch ein
Termin dazwischen!«, beschwichtigte sie Philippe,
ohne damit jedoch großen Erfolg zu haben.

»Ja, und? Du schaffst es doch auch, dich an Treffen und Vereinbarungen zu halten! Ich dachte, Henri seien seine Wochenenden so heilig! Wieso lässt er sich dann auf einmal zu solch einem Termin verleiten?«

»Wenn es nun mal dringend ist! Audrey, bestimmt hat er ... « Philippe horchte auf, als er einen lautstarken Motor hörte. »Wenn man vom Teufel spricht, das muss er sein!«

»Wenn er wenigstens der Teufel *wäre*!«, murmelte Audrey erneut vor sich hin. »Dann gäbe er zumindest einen interessanten Gesprächspartner ab!«

Lucy horchte ebenfalls, die Motorgeräusche kamen immer näher, ehe sie verstummten. Dann eine Wagentüre.

»Sein Ferrari ist das aber nicht!«, merkte Philippe kritisch an. »Ich hoffe, er hat sich nicht schon wieder ein neues Auto gekauft.«

Philippe stand auf und lief zur Türe, um seinen Geschäftspartner und Freund in Empfang zu nehmen. Lucy konnte nicht genau verstehen, worüber genau die beiden Männer sprachen. Die Tatsache, dass Henri gut gelaunt klang, während Philippe die Stimme hob, deutete darauf hin, dass die Frage nach Henris neuem Auto mit einem *Ja* beantwortet werden konnte. Nicht, dass er unmündig gewesen wäre oder Philippe um Erlaubnis fragen musste. Dennoch zeigte es deutlich, dass Philippe der ausschweifende Lebensstil seines Partners nicht egal war. Zu

Recht, schließlich hing auch das Interesse des
Unternehmens daran.

»Lucy!« Henri begrüßte seinen Gast mit offenen
Armen, als läge die letzte Begegnung bereits Wochen
zurück. Henris Hände berührten sanft Lucys
Schultern, was ihr abermals Unbehagen verschaffte.
Dann winkte er Audrey zu, die ihn mit leeren Augen
anblickte.

»Audrey! Du bist ja auch hier, Stern meines Lebens!
Du Zentrum der positiven Aura, meine Sonne an
regnerischen Tagen! Das Funkeln deiner Augen, ich
kann es kaum glauben, lässt mir den Atem rauben!«

Audrey starrte den breit grinsenden Henri
regungslos an, ehe sie auf seinen Platz neben Lucy
deutete.

»Setz dich an den Tisch und ess deinen Fisch. Hier,
nimm dazu Kresse und halt deine Fresse!«

Henri lachte und nahm wortlos Platz. Lucy warf
einen Blick zu Philippe, der sich ebenfalls wieder
hinsetzte und lediglich amüsiert grinste. Zynische
Wortduelle schienen ein alltägliches Hobby von
Henri und Audrey zu sein, was man in gewisser Weise
auch als eine Art von Zuneigung deuten konnte.

»Wie war das *Geschäftstreffen*?« Philippes Frage an
Henri, der sich gerade Beilagen auf den Teller
schippte, klang wie ein unterschwelliger Vorwurf,
was Lucy noch mehr bedauern ließ, das Gespräch an
der Türe nicht verstanden zu haben.

»Hervorragend, das Ergebnis kann sich sehen lassen!«, erwiderte Henri mit einem süffisanten Lächeln zu Lucy, die ähnlich wie Audrey überfragt von der Situation zu sein schien.

»Könnte man erfahren, wovon zur Hölle ihr zwei da gerade redet?« Eine sichtlich genervte Audrey nahm Lucy die Worte aus dem Mund. Henri grinste lediglich, während Philippe etwas zerknirscht wirkte. Schließlich war jedoch er es, der das Spielchen seines Geschäftspartners auflöste.

»Der liebe Henri hat ein bisschen geflunkert, wisst ihr?«, murmelte er mürrisch vor sich hin. »Er hatte keinen Geschäftstermin, er hat Lucy ein Geschenk besorgt!«

»Und? Das ist doch schön!«, entgegnete Audrey verständnislos. Philippe lächelte seiner Partnerin sanft zu.

»Das *Geschenk* steht draußen!«

»Ja, ein Prachtstück. Wollt ihr ihn euch mal ansehen?«, rief Henri aufgeregt wie ein Schuljunge dazwischen, ehe er auch schon von seinem Platz aufsprang und zur Türe eilte. Lucy warf Audrey einen fragenden Blick zu, den diese erwiderte, ehe sie Henri nach draußen folgten. Audrey trat als Erste vor die Türe, blinzelte kurz und riss die Augen auf, als hätte sie soeben einen Geist gesehen.

»Du bist absolut irre! Ich meine ... du warst es schon immer, aber *das* ist der Gipfel des Wahnsinns!«

Lucy folgte Audrey nach draußen, wo auch sie vor Schreck erstarrte. Vor ihr stand ein kirschroter Porsche 356 mit braunen Ledersitzen.

»Hey, du freust dich ja gar nicht!« Henris scherzhaft enttäuschter Ausruf riss Lucy aus den Gedanken, die sie beim Anblick des Wagens hatte. Alleine die Tatsache, dass er ihr ein Auto geschenkt hatte, schien ihr nicht wirklich in den Kopf zu gehen.

»Doch! Ich ... ich freue mich sogar sehr! Es ist nur, ich ... hatte das nicht erwartet und hoffe auch nicht, dass das irgendjemand von mir denkt! Philippe, warst du deshalb ... ?«

»Wütend?« Philippe lächelte Lucy mit müden Augen zu. »Ja, aber nicht deinetwegen oder weil ich glaube, du würdest Henri ausnehmen. Im Gegenteil, du bist die erste feine Person, die er in all den Jahren kennengelernt hat! Ich ärgere mich mehr über *ihn*! Henri und ich hatten nämlich eigentlich vereinbart, dass er in Zukunft etwas weniger verschwenderisch sein und dafür mehr Geld in das Unternehmen investieren möchte!«

Henri lachte kopfschüttelnd, während er zum Wagen ging und Lucy die Türe öffnete, damit diese einen Blick ins Innere werfen konnte.

»Ist ein Wagen für die Frau, die zum ersten Mal auch das Herz meines *großen Bruders* und seiner Eiskönigin erobert, etwa *keine* Investition?«

»Das habe ich gehört!«, raunte Audrey in ihrer typisch-mürrischen Stimmung vor sich hin.

»Außerdem«, fügte Henri lächelnd hinzu, »ist der Wagen nicht neu, wie ihr vielleicht wisst. Die Frau eines Geschäftspartners fuhr ihn ein paar Jahre. Ich hatte länger Interesse an ihm, aber für einen Mann ist das Modell leider ungeeignet!«

»Wieso das?«, merkte Lucy, die zuvor neugierig um ihren neuen Sportwagen geschlendert war, erstaunt an. Henri lachte, als hätte er nur auf diese Frage gewartet.

»Weil es das Sondermodell *Dame* ist. Ich mache keine Witze, so wurde das Auto damals angeboten!«

Audrey, zuvor eher beobachtend im Hintergrund, trat nun ein paar Schritte nach vorne, musterte den Porsche und blickte dann Henri stirnrunzelnd an.

»Und was unterscheidet das Modell *Dame* von den anderen 356ern? Kommt jetzt wieder irgendein Chauvinisten-Spruch? Oh, lass mich raten: Er hat einen besonders großen Schminkspiegel in der Sonnenblende, richtig? Hihi!« Audrey verstellte ihre Stimme, um wie eine klischeehafte Tussi zu klingen, was Lucy zum Lachen brachte und selbst dem noch immer etwas verschnupft wirkenden Philippe ein Grinsen entlockte. Nur Henri blieb in seiner Rolle und schüttelte mit ernster Miene den Kopf.

»Falsch, meine Teuerste. Er heißt *Dame*, weil er weniger Leistung hat! Damit ist er wohl besser für den empfindsamen und oft unaufmerksamen Damenfahrer geeignet als die stärkeren Modelle. Die sind für Kerle wie uns!« Henri zeigte seinen Bizeps und machte dabei eine Grimasse wie Popeye, was offensichtlich machte, dass seine Bemerkungen scherzhaft waren. Dennoch schien es Audrey aufzuregen. Vielleicht aber *wollte* es sie auch aufregen. Henri, ihr liebster Feind.

»Hat er auch einen eingebauten Eimer, in den man als Frau rein kotzen kann, falls man sich dumme Sprüche vom männlichen Beifahrer anhören muss? Außerdem habe *ich* noch nie einen Wagen zu Schrott gefahren, im Gegensatz zu *dir*!«

»Das war bei der Rallye Monte-Carlo, das zählt nicht!«, erklärte Henri beschwichtigend.

»Ausrede! Die anderen Fahrer sind ja auch im Ziel angekommen. Nur du nicht, bist mit deiner Karre im Busch gelandet. Aber man erzählt sich ja, dass du deinen Kopf gerne mal in dichte Büsche stecken würdest!«

»Psst! Audrey!« Lucy schmunzelte über Philippes verzweifelten Versuch, seine Frau möglichst unauffällig dazu zu bewegen, sich doch wieder wie eine Dame zu benehmen und auch den Sprachgebrauch entsprechend anzupassen. Ein Versuch, der wie geahnt nach hinten losging.

»Mach nicht *Psst*! Selber *Psst*! Bin ich ein Hund oder was?«

»Eher eine Hyäne, aber streiten wir nicht über Details!«

»Schwachkopf!« Audrey schlug nach Henri, grinste dabei jedoch amüsiert, was nahelegte, dass sie Henri in irgendeiner Weise trotz aller Abneigung doch mochte oder zumindest die Wortgefechte mit ihm witzig fand.

»Gefällt er dir denn wirklich, Lucy? Und glaub mir, ich habe ihn dir nicht gekauft, weil ich deine Fahrkünste als ungenügend für mehr PS erachte! Mir ... gefiel er eben.«

Lucy warf einen Blick zu dem formschönen, roten Sportwagen, ehe sie Henri strahlend zunickte.

»Ein Simca hätte auch gereicht. Nein, im Ernst, er ist traumhaft! Aber das hättest du wirklich nicht tun müssen, das weißt du hoffentlich. Genauso wie auch die Tatsache, dass Bestechungsgeschenke bei mir nicht helfen, so schön sie auch sein mögen!«

»Amen!« Audrey, die kurz zurück ins Esszimmer gegangen war, um sich ihr Glas Wein zu holen, prostete der Gruppe zu und nahm dann einen kräftigen Schluck. Eigentlich hätten Henri und Philippe ein ganzes Weingut für sie alleine bauen können.

»Das mag sein, ja. Aber kann es mir zumindest dabei helfen, dich zu einer Ausfahrt mit deinem neuen Wagen nach dem Dinner zu überreden?«

Lucy lächelte, aus einem ihr unerfindlichen Grund wurde ihr warm ums Herz. Vermutlich war dies der

Tatsache geschuldet, dass sie nie wirklich etwas geschenkt bekommen hatte. Zumindest nichts, was erinnernswert gewesen wäre. Und schon gar kein Auto, von einem Porsche ganz zu schweigen.

»In Ordnung.«

Henri lächelte zufrieden, ehe er Philippe und Audrey zurück ins Haus folgte. Lucy blieb ein Stück hinter ihm und ahnte bereits, dass er noch eine letzte Spitze für Audrey parat hatte.

»Oh, Audrey? Ich soll dir noch ausrichten, dass Siegfried dich sucht!«

»Wer?« Audrey drehte sich um und starrte Henri fragend an.

»Na, Siegfried eben! Er sagt, dass er heute in deiner Höhle war, um dich zu bekämpfen. Aber du wärst nicht daheim gewesen!«

Philippe lachte amüsiert, während Audrey ihrem Gegenüber Todesblicke zuwarf und sich dann an Lucy wandte.

»Du bist doch nachher alleine mit ihm, oder? An der Landstraße gibt es viele Klippen. Lass es wie einen Unfall aussehen!«

Henri holte alles aus dem Motor des Wagens, der im schnellen Tempo die kurvenreiche Landstraße entlang raste und so gar nicht wie das *Frauenauto* erschien, als dass er Lucy vorgestellt wurde. Lucy bemerkte die Blicke Henris aus dem Augenwinkel, sah ihn aber nicht an, sondern konzentrierte sich voll und ganz auf die Fahrt und das Auto. Ihre Hände krallten sich am Sitz fest, als würde sie mit ihren Fingernägeln den ledernen Bezug aufreißen wollen. Sie fühlte sich nie wirklich sicher, wenn sie gefahren wurde. Im langsameren Tempo wie neulich in Henris Ferrari ging es noch, aber nicht bei dieser Raserei. Sie liebte es, mit ihrem Auto zu fahren. Gerne auch schnell, wobei *schnell* bei einem 2CV eher ein relativer Begriff war. Allgemein verstand sie nicht, wieso er überhaupt meinte, mit ihr so durch die Gegend zu rasen. Wollte er ihr etwas beweisen? Oder sich selbst? Vielleicht aber wollte er auch nur testen, was der Wagen konnte. Und das war trotz geringerer Leistung weit mehr, als Lucy zunächst erahnte.

»Willst du auch mal?« Henri grinste süffisant, ehe er ohne eine Antwort abzuwarten bei einer kleinen Parkbucht hielt. »Es ist schließlich dein Auto!«

Henri blickte Lucy an, als würde er insgeheim erwarten, dass sie ablehnen würde.

»Was denn? Denkst du, ich könnte mit einem sportlichen Wagen nicht umgehen?«

»Nach dem, was du mir über deinen Pagode erzählt hast: Nein, tue ich nicht. Also?«

Lucy lachte, um die Situation ein wenig zu überspielen. Ihre kleine Geschichte mit dem verunglückten Mercedes hatte sie fast schon wieder vergessen. Beinahe hätte sie Henri von ihrem kleinen, rostigen 2CV erzählt, den nun die Frau

eines Bauern fuhr, die früher häufig im Laden ihrer
Mutter einkaufte.

»Na schön, dann tauschen wir die Plätze!«

Lucy knuffte Henri, der daraufhin mit einem Lächeln
ausstieg und Lucy auf den Fahrersitz rutschen ließ,
ehe er auf der Beifahrerseite Platz nahm.

»Bereit?« Ohne eine Antwort abzuwarten, legte Lucy
den Gang ein und trat auf das Gaspedal, um Henri
möglichst eiskalt zu erwischen. Ein Vorhaben, das
zu gelingen schien, da der sonst so cool wirkende
Geschäftsmann nun derjenige war, der sich am
Haltegriff über der Türe festhielt und vor sich auf
die Straße blickte, als würde er dort gleich den
Tod finden.

»Ängstlich?« Lucys Schadenfreude war nicht zu
überhören, während sie weiter aufs Gas drückte und
das Adrenalin in sich spürte. Langsam verstand sie
Henris Liebe zu schnellen Autos. Auch, wenn ihr
Beifahrer so wirkte, als hätte er in diesem Moment
eine Fahrt in ihrer langsamen Ente bevorzugt.

»Ja, alles bestens! Du ... fährst den Wagen mit
sehr viel Temperament, aber das hätte ich mir ja
vorher schon denken können!« Henri lachte, um seine
spürbare Nervosität ein wenig zu überdecken. »Wieso
fragst du?«

Ohne seine Frage mit einer Antwort zu würdigen, gab
Lucy noch mehr Gas, bog mit quietschenden Reifen um
die nächste Kurve und fühlte sich, als würde sie
eins mit dem Wagen werden. Er war für sie in diesem

Moment wie ein Ventil, durch das sie alles ablassen konnte. Die aufgestaute Wut, den Frust, das Wechselbad der Gefühle. All dies schien von dem aufröhrenden Motor kompensiert zu werden. Sie konnte wohl nicht einmal erahnen, wie sich für Henri erst eine Fahrt mit seinem Ferrari oder einem seiner anderen Schätzchen anfühlen musste. Sehr wohl aber konnte sie erahnen, was für Gefühle Henri in eben diesem Moment hatte: Angst und zugleich Reue, Lucy zu dieser Fahrt eingeladen zu haben. Vielleicht auch Machtlosigkeit. Ihm schien es lieber zu sein, selbst am Steuer zu sitzen. Nicht nur im Auto, sondern auch in allen anderen Lebenslagen.

»Wie wäre es mit einer kleinen Pause? In ein paar hundert Metern kommt ein sehr schöner Parkplatz, genießen wir zusammen den Sonnenuntergang!«

Lucy erkannte Henris durchaus romantische Frage als gut getarnte Bitte, endlich diese Höllenfahrt zu beenden und auf dem Rückweg wieder *ihn* ans Steuer zu lassen.

»Einverstanden.« Nach der nächsten Kurve wies ein bereits etwas verwittertes Schild auf den Wanderparkplatz hin, der tatsächlich eine überaus schöne Aussicht auf das Meer und die gesamte Umgebung bot. Aus der Ferne konnte Lucy selbst das Dach des Ferienanwesens sehen.

Henri räusperte sich kurz und schien nervös, was Lucy erstaunte.

»Alles in Ordnung bei dir? Du wirkst irgendwie unruhig!«

Henri atmete tief durch, nickte und blickte zu Boden wie ein schüchterner Schuljunge.

»Schwer zu erklären. Ich wollte dir etwas sagen, liebe Lucy. Genauer gesagt wollte ich dich etwas *fragen*. Aber ... bitte, lass mich ausreden, bevor du mir antwortest, ja?«

Lucy runzelte die Stirn, nickte dann aber bedächtig. Sie hatte eine Vermutung, was für eine Art von Frage nun folgen würde. Eine, auf die sie lange hingearbeitet, aber dennoch stets gefürchtet hat.

»Lucy, ich weiß, dass wir beide uns erst wenige Tage kennen. Und dass du deine Vorbehalte hast, die ich auch absolut verstehe. Aber ich kann dir nur sagen, was ich in meinem tiefsten Inneren spüre, seitdem ich dich kenne. Nein, ich *muss* es dir sogar sagen, sonst werde ich verrückt! Ich mag das Wort *Liebe* nicht besonders, es wird automatisch mit Kitsch assoziiert und viel zu oft missbraucht. Erst recht von ... nun, von Männern wie mir. Aber bei dir, Lucy, ist es anders. Mir haben die letzten Tage mit dir eine Art von Freude, von Glück und Befriedigung verschafft, die ich so zuvor noch nicht gekannt habe. Vielleicht sind Menschen wie ich nur immer auf der Suche nach einer Sache, die sie im Leben normalerweise niemals finden können. Doch ich habe diese Sache gefunden, und sie macht alle anderen Dinge, die mir vorher im Leben alles bedeuteten, absolut nebensächlich und lächerlich.

Diese eine Sache, die bist du! Deshalb ... nun, möchte ich dich fragen, ob du ... willst du eine Beziehung mit mir?«

Henris etwas stammelnd vorgetragene Frage wirkte mehr wie ein gütiges Angebot als eine aus purer Liebe geäußerte Emotion, was Lucy jedoch auf die Tatsache zurückführte, dass er in dieser Hinsicht wohl nicht sonderlich geübt war und nie zuvor einer Frau so offen seine Gefühle darlegte. Nicht einmal ihrer Mutter. Ein Gedankengang, der Lucy wieder auf den Boden der Tatsachen zurückholte. Den Grund, aus dem sie überhaupt hier war.

»Du ... fackelst ja nicht lange, hmm?« Lucy lächelte beschämt, was angesichts dieser Lage durchaus nicht gespielt war. »Du kennst meine Vorbehalte bezüglich einer Beziehung mit dir. Du meinst es wirklich ernst? Keine Spielereien, kein kurzlebiges Abenteuer?«

Henri lachte, sehr zu Lucys Erstaunen.

»Lucy, würde ich jeder *Spielerei* und jedem *kurzlebigen Abenteuer* einen Sportwagen schenken, wäre ich trotz meines Vermögens schneller pleite, als ich hinsehen könnte! Es ist mir ernst mit dir, mehr als nur das. Sonst hätte ich die Frage nie gestellt! Andererseits ... « Henri wandte sich ab und starrte hinaus auf das Meer. »Andererseits könnte ich es dir auch nicht verübeln, wenn du den Vorschlag ablehnst!«

Lucy schloss für einen Moment ihre Augen und atmete tief durch, als wollte sie damit Energie tanken und

sich auf das vorbereiten, was nun folgen würde. Sie
zögerte kurz, ehe sie sanft lächelte.

»Ich muss sagen, dass du mich in den letzten Tagen
sehr überrascht hast. Mit deiner Art, den vielen
kleinen Gesten. Du hast mir tatsächlich ein anderes
Gesicht gezeigt als den Mann, der mir noch im
Casino begegnet ist.«

»Und ... das bedeutet *was*?« Henri lachte, auch wenn
er ganz offensichtlich nervös war und fürchtete,
gleich eine Abfuhr zu bekommen.

Was bedeutet das, eine gute Frage. Lucy wusste es
selbst nicht. Eigentlich war sie sich noch vor
wenigen Tagen sicher, diesen Moment als ihren
großen Durchbruch zu zelebrieren. Doch nun, nachdem
sie Henri und seine Patchwork-Familie kennengelernt
hatte, war dieses Gefühl des Triumphs vollkommen
verflogen. Im Gegenteil, sie fühlte sich sogar
schuldig. Schuldig, einen Mann ins Unglück stürzen
zu wollen, der ihr selbst nie etwas getan hatte,
sie sogar liebevoll behandelte. Wie er wohl
reagieren würde, wenn er ihre wahre Identität
erfuhr? Mit Zuneigung? Wut? Enttäuschung?

»Es heißt ... « Lucy hielt noch einen Moment inne,
ehe sie Henri anstrahlte. »Es heißt ja. Ja, ich
möchte mit dir zusammen sein, Henri!«

Ein leuchtendes Strahlen in den Augen des Mannes
neben ihr ließ Lucys Schuldgefühle ins
Unermessliche wachsen. Sie wusste selbst nicht
genau, wieso sie weiterhin stur ihren Plan
verfolgte, doch irgendetwas in ihr trieb sie

regelrecht dazu. Und trotz aller Skrupel hatten ihre Rachegelüste weiterhin ihre Berechtigung. Sie hätte ein unbeschwertes, schönes Leben mit ihrer Mutter Madeleine und ihrem Vater, Henri, haben können, wenn dieser es nur gewollt hätte. Doch Madeleine war für ihn nur Vergnügen, Ware. Ein Kind aus dieser kurzlebigen Affäre nur ein lästiger Bastard. Aber dieser Bastard saß nun neben ihm, und hatte sein Herz erobert.

»Aber ich möchte dich dennoch bitten, es langsam mit uns angehen zu lassen. Ich ... hatte viele schlimme Erlebnisse in meinem Leben und brauche deshalb sehr lange, bis ich körperliche Nähe bei einem Menschen zulassen kann!«, fügte Lucy hinzu, um Henris Hoffnung auf Sex möglichst zu unterbinden. Es war die eine Sache, mit dem eigenen, wenn auch fremden Vater zu flirten, ihn zu umarmen oder ihn gar zu küssen. Aber schlafen konnte sie nicht mit ihm, sie hätte sich das niemals verzeihen können. Vor allem aber hätte es ihr ihre eigene Mutter niemals verziehen. Was sie wohl von all dem hier halten würde? Lucy war froh, es nie erfahren zu müssen.

»Das verstehe ich natürlich, liebe Lucy.« Henri klang fürsorglich, während er seiner neuen Partnerin sanft durchs Haar streichelte. Eine Geste, die Lucys Schuldgefühle erneut in ungekannte Höhen trieb. »Und ich hoffe sehr, dass du mir eines Tages von diesen Ereignissen erzählen willst.«

Henri strich Lucy sanft über die Wange; zu ihrem Erstaunen fühlte sich seine Berührung für sie nicht einmal seltsam oder unangenehm an. Wie sehnlichst sie es sich früher gewünscht hätte, von ihrem Vater nur einmal diese Geste der Zärtlichkeit und Liebe zu erhalten. Damals, als man sie noch im Glauben ließ, er wäre längst tot.

»Und ... gilt diese Zurückhaltung auch für einen Kuss?« Henri beugte sich ein Stück vor, blieb aber für seine Verhältnisse dennoch erstaunlich zurückhaltend. Lucy lächelte sanft und nickte ihm zu. Angesichts ihrer Lage konnte sie ihm diese Sache wohl nicht abschlagen.

»Nein, dafür nicht!« Lucy näherte sich langsam Henri, der seine Arme um sie schloss und sie sanft und zärtlich küsste. Sie stellte sämtliche Gedanken, Gefühlsregungen ab, ging voll und ganz in der Rolle der Liebhaberin auf, während sie Henris Hände um ihre Taille spürte. Ohne hierbei die Vorstellung zuzulassen, dass es ihr eigener Vater war, der sie so sehnsüchtig begehrte und dem sie sich hingab.

Sie hatte sich auf ein Spiel eingelassen, ohne selbst die Regeln zu kennen. Oder die Konsequenzen, wenn sie verlieren würde. Und in eben jenem Moment wurde Lucy bewusst, dass sie aus dieser Situation, egal wie sie auch enden mochte, nicht als Gewinnerin herausgehen konnte. Die Frage war nicht mehr, wer am Ende gewann.

Sondern, wer von ihnen mehr verlor.

9

Der Verkäufer winkte dem Mutter-Tochter-Gespann lächelnd zu, ehe sie ums Eck bogen und die Gyromatic mit sich nahmen. Er war zufrieden, trotz allem ein recht guter Verkauf. Auch, wenn er jedes Stück mit einem weinenden Auge ziehen ließ. Erst recht, wenn es wie in diesem Fall Überbleibsel aus dem früheren Geschäft seines Vaters waren, wie die Originalrechnung belegte. Aber er war sich sicher, dass die junge Dame eine würdige neue Besitzerin der alten Uhr war. Sie würde gut darauf aufpassen und ein weiteres Kapitel in ihrer Geschichte aufschlagen. Es war schade, dass diese alten Stücke nicht sprechen konnten. Erzählen, was sie in den Jahrzehnten schon alles gesehen und miterlebt hatten. Wer sie trug, was für Ereignisse mit den Vorbesitzern verbunden waren.

Eine Sache jedoch ließ ihn nicht mehr los, seit sie von der Mutter der jungen Kundin angesprochen wurde: der Name der Erstkäuferin auf der alten Originalrechnung. Eine Herrenuhr, 1967 gekauft von einer Dame namens Lucy Duchesne. Er hatte ein gutes Gedächtnis, konnte sich an viele Kunden auch noch Jahre später erinnern. Und erst recht an *sie*, wenn es wirklich die junge Dame war, an die er gerade dachte. Schließlich war es damals ein großes Thema, ein regelrechter Skandal. Vielleicht hatte er irgendwo noch einen der alten Artikel; er bewahrte sie damals auf, nachdem er die involvierte Dame als eine Kundin seines Vaters identifiziert hatte, da er ihr damaliger Verkaufsberater war. Sie kaufte eine ... eine Uhr, ja, das wusste er noch. War es diese? Gut möglich. Vielleicht hätte er sie nicht verkaufen sollen, sich früher an die damaligen Ereignisse erinnern müssen. Er glaubte nicht wirklich an Karma oder an Energie, die an Gegenständen behaftet war. Dennoch wollte er positive Erinnerungen verkaufen.

Doch die Erinnerungen, die diese Uhr mit sich brachte, waren das genaue Gegenteil von positiv.

Sie waren finster, abgründig.

-

Audrey sonnte sich in einem schneeweißen Badeanzug an Deck und sah damit exakt so aus, wie sich Lucy stets eine typische reiche Dame vorgestellt hatte. Selbst beim Sonnenbad wirkte sie irgendwie gelangweilt, was wohl einfach Teil ihrer Attitüde war. Sie hatte Lucy noch am Abend nach ihrer Rückkehr von der gemeinsamen Ausfahrt mit Henri davor gewarnt, sich zu viel aus seiner vermeintlichen Wandlung vom Charmeur zum liebevollen Vorzeigepartner zu erhoffen. Audrey war davon überzeugt, dass es sich hierbei nur um eine weitere Phase des Lebemannes handeln würde. Sozusagen eine Midlife-Crisis, die seinen Gefühlshaushalt durcheinander zu bringen schien. Sie konnte nicht ahnen, dass es Lucy am Ende ziemlich egal war, ob seine Gefühle für sie von

Dauer waren oder nicht. Weil sie nicht vorhatte, lange genug zu bleiben, um es jemals zu erfahren.

Dennoch gratulierte Audrey genauso wie Philippe dem frisch gebackenen Pärchen und schien sich sogar ein wenig – wenn auch nur für Lucy – zu freuen. Philippe war vollkommen begeistert. Vermutlich erhoffte er sich durch die feste Partnerin einen Wandel im Lebensstil seines Geschäftspartners und Freundes, der am Ende auch dem Unternehmen guttun würde. Bei einem gemeinsamen Gespräch im Wohnzimmer bei Kaminfeuer und ein paar Gläsern Wein äußerte Lucy den Wunsch, später einmal eine Katze zu haben. Ein Wunsch, der der Realität entsprach: Schon seit ihrer Kindheit liebte Lucy Katzen, doch ihre Mutter vertrat stets die Ansicht, dass Tiere nicht in ein Haus gehören und dort nur Dreck machen würden. Audrey entgegnete ihr, dass sie Katzen ebenfalls lieben würde, Henri jedoch mit Haustieren jedoch rein gar nichts anfangen könne, was dieser durch sein Schweigen zu bestätigen schien. Nicht, dass es für Lucy von irgendeiner Bedeutung war. Sie wollte schließlich keine Katze mit Henri, sondern eine Katze *ohne* Henri.

»Ich hätte gestern Abend nicht so viel trinken dürfen!«, murmelte Henri leise vor sich hin und riss damit wieder einmal Lucy, die am Bug saß und auf das azurblaue Meer starrte, aus ihren Gedanken. Sie schweifte viel zu schnell geistig ab, lebte in Traumwelten. Eine alte Angewohnheit aus Kindheitstagen. Sie musste es, sonst hätte sie es damals nicht ausgehalten. Mutters Depressionen, der Alkohol, die Schreie und Schläge. Als Jugendliche, mit 14 oder 15 Jahren, dachte sie ernsthaft und lange über ihren eigenen Tod nach. Suizid, durch Erhängen oder den Sprung vor einen Zug. Doch sie tat es nicht, zu groß war die Angst vor einem qualvollen Ende, vor dem Ungewissen danach. Man konnte sagen, dass sie zu feige war, den sogenannten *feigen Ausweg* zu nehmen. Sie fand nicht, dass diese Bezeichnung stimmte. Viel mehr sahen viele Menschen in ihrem Tod den letzten, den *einzigen* Ausweg. Doch trotz aller Sorgen, trotz all den furchtbaren Erlebnissen, war Lucy am Ende froh, es nicht getan zu haben.

»Den Satz solltest du dir ganz groß einrahmen und in deine Wohnung hängen lassen!«, spottete Philippe, der wie ein Seemann am Steuer seiner Segelyacht stand und dabei eine klischeehafte Schirmmütze trug, als würde sie alleine schon zur Führung eines solchen Bootes berechtigen.

»Halt deine Klappe, es kann ja nicht jeder so langweilig sein wie du! Was soll eigentlich immer dieses alberne Ding auf deinem Kopf? Du siehst damit aus, als würdest du nach der Segeltour noch auf dem Wochenmarkt Fisch verkaufen wollen!« Henri lachte über seine eigene Bemerkung, ehe er laut ächzend aufstand und sich an den Rücken fasste wie ein Achtzigjähriger, der sein ganzes Leben lang hart arbeitete. Dabei war sich Lucy ziemlich sicher, dass er in seiner mehr als vierzig Jahre langen Existenz auf Erden nie auch nur einen Tag wirklich harte Arbeit verrichten musste. Männer wie er arbeiteten nicht mit den Händen, sondern mit dem Kopf. Und in seinem Fall vielleicht noch mit

anderen Sachen. Dasselbe galt für die meisten
Büromenschen, für Künstler, Musiker oder
Schauspieler. Schriftsteller sowieso. *Faules Pack*
hätte da ihre Großmutter gesagt, die zusammen mit
Großvater den kleinen Kaufladen einst eröffnet
hatte. Hart arbeitende Leute, ein Leben lang.
Wirklich gedankt hat es ihnen keiner.

»Du solltest wirklich bessere Laune haben, Henri!
Vergiss nicht, mit wem du hier bist und was gestern
Abend der Grund dafür war, dass du jetzt einen
Kater hast!« Philippe deutete auf Lucy und
zwinkerte ihr lächelnd zu. Eine Geste, die ihr Herz
erwärmte und abermals den Wunsch in ihr aufkommen
ließ, einen echten Vater zu haben. Einer, der sich
damals nicht vor seiner Verantwortung drückte. Für
sie und ihre Mutter da war. Für so viele normal,
für sie ein unerfüllbarer Traum.

»Da hast du ausnahmsweise mal recht! Ich bin
glücklich darüber, sogar sehr!« Henri strahlte
seine neue Freundin an und nahm sie bei der Hand,
wobei seine Freude trotzdem für Lucy nicht so
herzlich und ehrlich wie die von Philippe wirkte.
Selbst wenn es bei Letztgenanntem vielleicht eher
die damit verbundene Hoffnung sein mochte, nun
einen etwas zuverlässigeren und reiferen
Geschäftspartner an seiner Seite zu haben.

»Ich würde mir mal eine Kopfschmerztablette
einwerfen und mich ein Stündchen hinlegen, in
Ordnung?« Henri streichelte Lucy über den Kopf wie
bei einem Hündchen und gab ihr einen schmatzenden
Kuss. »Philippe, ramm so lange bitte kein Riff und

stelle meiner Freundin keine dummen Fragen, okay?
Dasselbe gilt für Siegfrieds Drachen!«

Audrey streckte Henri den Mittelfinger entgegen,
würdigte ihn aber keines Blickes, ehe er leise
stöhnend unter Deck ging.

»Du musst ihn gestern ja ziemlich fertig gemacht
haben!«, merkte Audrey scherzhaft an, nachdem Henri
im Inneren der Segelyacht verschwunden war.
»Sicher, dass er sich nur wegen des Alkohols so
fühlt?«

»Schatz, also wirklich!« Philippe tadelte seine
Gattin mit einem entrüsteten Blick, was sie und
Lucy allerdings nur zum Lachen brachte.

»Philippe, es ist alles in Ordnung!«, versicherte
ihm Lucy amüsiert. »Nur ein kleiner Witz unter
Freundinnen.«

Audrey lächelte Lucy bei dieser Bemerkung erstaunt
und zugleich freudig an. Sie schien außer den eher
oberflächlichen Beziehungen zu Künstlern,
Galeristen und Damen der Oberschicht keine wirklich
echten Freunde zu haben. Womit es ihr ähnlich wie
Lucy ging. Mit dem großen Unterschied, dass sich
Lucy nicht zur Ablenkung am Wochenende auf ihrer
Yacht räkeln konnte.

»Und er hat dich einfach so gefragt?«, hakte Audrey
nach einer Weile neugierig nach. »Mit der
Beziehung, meine ich. Sieht ihm gar nicht ähnlich!«

»Die Liebe kann selbst einen Menschen wie Henri zu
solchen Dingen treiben! Erst recht, wenn sie die

Gestalt einer Dame wie Lucy hat!«, fügte Philippe lächelnd hinzu.

»Aww.« Audreys Stimme klang zynisch und überrascht zugleich. »Wieso bist du bei *mir* nie so romantisch? Lucy hat ein völlig verzerrtes Bild von dir. Sie weiß nicht, dass du dich in Wahrheit wie ein alter Holzfäller benehmen kannst!«

»Gelogen! Lucy, das ist nicht wahr!« Philippe und Audrey feixten einander zu, was Lucy zum Lachen brachte, aber zugleich wieder Melancholie in ihr aufkommen ließ. Die Sehnsucht, einfach nur ein Leben wie sie zu haben. Unbeschwert, glücklich. Mit einem Menschen an ihrer Seite, der sie liebte und den sie ebenso lieben konnte. In diesem Moment wurde ihr bewusst, dass sie aktuell zwar ein solches Leben führte, es aber reine Illusion war und das Kartenhaus bald schon einstürzen würde. Egal, ob und wie sie sich nun an Henri rächen mochte.

»Ich hoffe, du hast dir das auch gut überlegt!« Philippes besorgte Bemerkung ließ Lucy aufhorchen.

»Wie meinst du das?«

»Tja«, Philippe lachte nervös, »Das ist eine gute Frage! Weißt du, ich befürchte schlicht und einfach, dass ein Mann wie Henri niemals ganz treu seien kann. Er mag dich lieben, das zweifle ich in keinster Weise an. Anders ist auch sein Verhalten in den letzten Tagen kaum zu erklären. Aber irgendwann, wenn diese anfänglich so großen und starken Gefühle sich irgendwann normalisieren,

verflüchtigen, halte ich die Wahrscheinlichkeit für
sehr hoch, dass er wieder im Casino hockt und dort
mit fremden Frauen flirtet, während du einsam und
verbittert alleine Zuhause sitzt. Und das will ich
nicht, Lucy. Du bist mehr wert!«

Audrey warf ihrem Mann einen Blick zu, der Bände
sprach. Er hatte keine Affären, dennoch schien sie
sich wie die beschriebene, einsame Frau zu fühlen,
die verbittert Zuhause saß, während ihr Mann
unterwegs war. Es war Lucy trotz der schmeichelnden
und Besorgnis zeigenden Worte überaus unangenehm,
dass er mit ihr so in Gegenwart von Audrey sprach.
Manchmal hatte sie das Gefühl, er würde beinahe
schon mit ihr flirten. Vollkommen ungeniert, und
das in Gegenwart der Frau, die er doch angeblich so
sehr liebte. Lucy mochte Philippe überaus gerne,
doch diese Charaktereigenschaft missfiel ihr an
ihm.

»Mir ist dieses Risiko bewusst, Philippe. Aber du
kannst beruhigt sein, ich kann durchaus auf mich
selbst aufpassen. Nur, weil Henri und ich jetzt
vielleicht in einer Beziehung sind, heißt das ja
nicht, dass ich ihn am Ende auch heiraten muss! So
etwas würde ich frühestens nach zwei oder drei
Jahren Beziehung überhaupt erst in Erwägung ziehen.
Und wer weiß, vielleicht mag ich ja auch ein
bisschen dieses Spiel mit dem Feuer!«

»Uhh!« Audrey grinste ihrer Freundin amüsiert zu.
Sie schien ziemlich großen Gefallen an ihr zu
haben, was Lucy nur erwidern konnte. Vielleicht
sollten einfach sie zwei ein Paar werden und die

beiden Pseudo-Brüder unter sich lassen. Keine
Rache, keine erzwungene Liebe zu Henri, keine
Probleme. Aber so einfach, das war Lucy bewusst,
würde es nicht werden. Sie steckte zu tief drin,
war in dem Spinnennetz gefangen, das sie selbst
gesponnen hatte.

Nach dem Segelausflug und dem gemeinsamen
Wochenende im Ferienhaus blieb Lucy nicht mehr
lange in dem Hotelzimmer mit Blick auf die
Strandpromenade, das ihr mittlerweile fast schon
ans Herz gewachsen war. Henri drängte sie
regelrecht dazu, fortan das Gästezimmer in seinem
Appartement zu bewohnen. *Großzügig geschnitten*
hatte er seine Wohnung genannt, *verschwenderisch,
prunkvoll und übergroß* hätte in Lucys Augen jedoch
besser gepasst. Schließlich gab sie klein bei.
Auch, da das Hotel trotz aller Ersparnisse vom
Hausverkauf langsam zu teuer wurde und sie ihr
restliches Geld durchaus für andere Dinge
gebrauchen konnte. Außerdem war die dauerhafte Nähe
zu Henri sicher vorteilhaft, auch wenn sie
hierdurch noch weniger Freiraum hatte und ihm
regelrecht ausgesetzt war. Nicht, dass sie das
Gefühl hatte, er würde ihr etwas antun. Im
Gegenteil, unter der Woche war er ohnehin meist
nicht Zuhause, sondern kümmerte sich um seine
Geschäfte. Henri bemühte sich nicht einmal, sein
Schlafzimmer oder sein Büro abzuschließen, wodurch
sie theoretisch vollkommen freie Hand hatte.
Dennoch zögerte sie zunächst. Henri umgarnte sie,
war charmant und überaus zuvorkommend. Es fühlte

sich einfach nicht richtig an, jetzt seine Sachen
zu durchsuchen. Doch nach ein paar Tagen gewann
schließlich die Neugier auf das, was sie
möglicherweise finden würde.

Mit vorsichtigen Schritten betrat Lucy das
geräumige Büro. Sie war nervös, ihr Herz raste,
obwohl es dafür eigentlich gar keinen Grund gab.
Henri kam immer zur etwa gleichen Uhrzeit nach
Hause, sonst war niemand hier. Und ein Besuch von
Audrey, die so große Sehnsucht nach Henris
Stänkereien hatte, erschien ebenso
unwahrscheinlich. Dennoch fühlte sich Lucy
schuldig, sie war wahrlich nicht für ein
unehrenhaftes Leben gemacht. Selbst bei kleinen
Notlügen in der Schule lief sie unvermittelt rot
an, womit sie sich sofort den Lehrern als Schuldige
zu erkennen gab. Sie war die denkbar ungeeignetste
Kandidatin für diese Art von Unternehmung. Und
dennoch, sie musste es tun.

Henris Schränke und der Schreibtisch waren
vollgestopft mit Dokumenten. Jedoch nichts, was für
sie groß von Interesse gewesen wäre. In einem der
Aktenschränke fielen ihr schließlich einige dicke
Ordner auf, von denen jeder mit einer Jahreszahl
beschriftet war. Angefangen im Jahr 1945, wie
passend. Keine Dokumente aus der Zeit davor? Lucy
ahnte, dass dies keineswegs zufällig war. Aber
eigentlich musste sie gar nicht viel weiter in der
Vergangenheit wühlen. Denn irgendwann im Sommer
1945 muss ihre Mutter von Henri schwanger geworden
sein. Fortgeschickt, mit einem auf den ersten Blick
großzügigen, aber im Grunde genommen für einen Mann

wie ihn doch lächerlichen Betrag. Henri schien ein penibler Buchhalter zu sein, also wer weiß? Lucy zögerte, ehe sie zu dem Schrank lief und den schon etwas vergilbten Ordner für das Geschäftsjahr 1945 herauszog. Sie setzte sich auf den in ihren Augen etwas seltsam aussehenden Designerstuhl an Henris Schreibtisch und schlug den Ordner auf. Henri war wahnsinnig, all dieses Zeug aufzuheben. Aber vielleicht hatte es auch seinen Nutzen, bei den hohen Beträgen, die ihr auf den alten Rechnungen und Belegen ins Auge sprangen. Gelangweilt durchblätterte Lucy die unzähligen Dokumente, ehe sie bei der Kopie eines Schecks verharrte. Sie spürte, wie sich alles in ihr drehte. Zehntausend Francs, ausgestellt von Henri Nardin an Madeleine Duchesne am 27. Juli 1945. Mehr nicht, eine kleine, abgeheftete *Geschäftsausgabe* in einem dicken Ordner voller Dokumente. Das waren Madeleine und ihre kleine Tochter in seinen Augen. Viel schlimmer als diese Tatsache war für Lucy jedoch die handschriftliche Notiz, die sie auf der Rückseite des Schecks entdeckte: *Hoffentlich wirst du damit glücklich, du Miststück.*

Sie stieß den Ordner beiseite, lehnte sich zurück und schloss ihre Augen. In diesem Moment fühlte sie Ekel, überhaupt hier bei ihm zu sein. Schuld, jemals Henris Charakter hinterfragt oder positiv gesehen zu haben. Er spielte mit ihr, so wie er einst mit ihrer Mutter spielte. Und sie war dumm genug, beinahe darauf hereinzufallen. Mitleid für einen Mann zu haben, der selbst keines hatte und auch keines verdiente. Henri schien zu denken, mit ihr das große Glück gefunden zu haben. Doch es war ihr egal, wie sehr er sich bemühte, wie sehr er sich durch sie änderte und hierdurch vielleicht gar zu einem besseren Menschen wurde.

Sie würde nicht sein Glück werden. Sondern seine Verdammnis.

Micheline Presle flimmerte in Schwarzweiß auf dem kleinen Bildschirm des auf lautlos eingestellten Fernsehers, den Lucy eigentlich nur eingeschaltet hatte, um ein wenig Ablenkung von dem zu haben, was sie am Nachmittag in Henris Büro gefunden hatte. Sie wusste nicht, was für ein Film es war, den sie sich so ganz ohne Ton gedankenversunken ansah. Ein Drama? Ein Liebesfilm? Gar ein Krimi? Es war ihr egal, solange sie nur ein wenig abschalten und für einen kurzen Moment über rein gar nichts nachdenken musste. Schauspielerin, der Beruf hätte ihr gut gefallen. Übung hatte sie inzwischen ja mehr als genug. Jede Schauspielschule konnte gegen das einpacken, was sie hier tagtäglich abziehen musste. Schließlich, nach einer gefühlten Ewigkeit, hörte sie jemanden an der Wohnungstüre. Henri trat herein, legte seinen Hut ab und lächelte seine Freundin wie immer überaus charmant an, ehe er einen Blick auf den Fernseher warf.

»Ohne Ton? Der Film scheint dich ja nicht sehr zu interessieren! Ich bin Micheline Presle übrigens mal begegnet, bei einer Veranstaltung mit Philippe und seinem Drachen hier in Nizza. Einmal war auch mal Alain Delon bei uns zu Gast, ein charmanter

Kerl. Audrey schien kurz davor, für ihn Philippe abzuschießen!« Henri lachte, ehe er Lucys bedrückten Gesichtsausdruck bemerkte. Sie hatte im Moment einfach keine Kraft mehr, ihm irgendetwas vorspielen zu können.

»Was ist denn los, Schatz? Ist etwas passiert?« Henri beugte sich besorgt über Lucy und blickte sie liebevoll an. Sie zögerte, da ihr nicht wirklich eine Ausrede einfallen wollte, die ihr plötzliches Stimmungstief begründete. Dann jedoch kam ihr wieder die anstehende Ausstellung in den Sinn.

»Ach, weißt du, es ist wegen Audreys Idee mit der Galerie und meinen Bildern. Ich fühle mich unsicher, ich habe so etwas nie gemacht und offen gestanden ... finde ich meine Zeichnungen scheußlich!«

Henri lachte über diese Bemerkung, wurde dann aber wieder ernst und strich seiner Partnerin sanft durchs Haar.

»Das ist deine Sorge? Lucy, Audrey ist eine Expertin auf dem Gebiet. Und sie ist taff, kompetent, auch wenn ich das vor ihr nie zugeben würde! Wenn sie sagt, dass deine Werke gut ankommen, dann werden sie das auch! Jeder Künstler fing mal klein an, jeder hatte mal seine erste Ausstellung und war dabei furchtbar aufgeregt. Das geht vorüber. Und wenn es vorüber ist, wirst du dich fühlen wie die Größte, wie eine Königin! Denn dann, liebe Lucy, bist du ein Teil der Szene. Glaubst du, Audrey würde dir einen so prominenten Platz in einer Ausstellung gewähren, wenn du diesen

Schritt nicht schaffen würdest? Also, lehne dich
zurück. Willst du einen Drink? Der entspannt!«

»Martini!«, entgegnete Lucy noch immer etwas
mürrisch. Sie musste zugeben, dass sich Henri alle
Mühe gab. Nicht, dass sie das jetzt noch umgestimmt
hätte.

»Geschüttelt oder gerührt?«, schäkerte Henri,
während er sich an der Minibar bediente.

»Wie witzig und originell, den Spruch habe ich ja
noch nie gehört!«, raunte Lucy mit Blick auf den
Fernseher vor sich hin. »Mach einfach den Martini
und komm wieder her, du Connery für Arme!«

Lachend warf Henri eine Zitronenscheibe und Eis in
Lucys Martini, ehe er sich einen Whiskey
einschenkte und dann die Drinks auf dem
Beistelltisch neben seiner mürrischen Freundin
abstellte.

»Ein wenig Musik? Der Film scheint dir ja ohnehin
egal zu sein!« Ohne eine Antwort abzuwarten, lief
Henri zu dem Plattenspieler neben dem Fernseher,
wählte eine Platte aus und spielte sie lächelnd ab.

»Das ist Françoise Hardy, ich liebe ihre Stimme!«

»Ja, ist hübsch!«, erwiderte Lucy, noch immer mit
Blick auf den Fernseher, ehe Henri diesen
ausschaltete und sich vor sie stellte.

»Ist es, weil ich so wenig für dich da war in den
letzten Tagen?«

Lucy blickte auf und starrte ihren Freund wider
Willen an. Ihr war klar, dass sie ihn nicht einfach
anschmollen konnte, wenn sie ihr Ziel erreichen
wollte. So gerne sie auch in diesem Moment
aufgestanden und gegangen wäre.

»Ein bisschen, ja. Es ist so einsam hier. Und
alleine durch die Stadt zu laufen macht mir
irgendwie auch keinen Spaß mehr!«

»Aktuell habe ich viel zu tun, wegen dieser
Übernahme des Weinguts. Aber das wird sich bald
ändern, und dann haben wir wieder mehr Zeit
füreinander, okay?« Henri lächelte gütig und
zugleich hoffnungsvoll, seiner Partnerin so ein
Lächeln entlocken zu können. Ein Lächeln, welches
sie ihm schließlich nach kurzem Zögern auch
schenkte.

»Okay!«

»Sehr gut! Du weißt ja, dass ich morgen den ganzen
Tag unterwegs bin. Unser neues Weingut besichtigen.
Vielleicht könnte dich ja Audrey besuchen, was
hältst du davon? Ihr scheint euch zu mögen und ich
weiß, dass sie auch die meiste Zeit über im Grunde
genommen rein gar nichts zu tun hat. Sie freut sich
sicherlich!«

Lucy zögerte kurz, ehe sie lächelnd nickte.

»Ja, sehr gerne! Aber bitte erst zur Mittagszeit,
okay? Ich möchte morgen lange schlafen und muss
mich dann noch richten!« Lucy griff nach ihrem
Drink und nahm einen kräftigen Schluck, während sie

Henri anblickte. Natürlich wollte sie in Wahrheit
den Vormittag noch nutzen, um weiter Henris Sachen
zu durchsuchen. Ein einziger Bereich war ihr
hierbei bislang verschlossen. Zeit, Initiative zu
ergreifen.

»Hast du eigentlich einen Tresor? Ich habe hier
einen Ring meiner Großmutter, der mir viel
bedeutet. Er ist wertvoll, aber ich trage ihn nur
selten. Deshalb würde ich ihn gerne an einem
sicheren Ort aufbewahren!« Lucy versuchte,
möglichst unbeschwert und ohne jeden Hintergedanken
zu klingen, als sie aufstand und in ihr Zimmer
eilte, um den besagten Ring zu holen. Natürlich
wusste sie längst, dass Henris Tresor sich in einer
Wand in seinem Schlafzimmer befand. Verdeckt durch
ein nicht besonders gut gemaltes Landschaftsbild.
Sie hatte schließlich genug Zeit, sich in Ruhe
umzusehen und ihn zu suchen.

Henri runzelte die Stirn, nickte dann aber
verständnisvoll und nahm den Ring entgegen. Er
stammte wirklich von ihrer Großmutter und bedeutete
ihr viel. Der einzige alte Schmuck, den sie noch
hatte. Sie hoffte nur, er würde ihn sich nicht
genauer ansehen. Denn wertvoll war er in
Wirklichkeit nicht mal ansatzweise. Doch zu ihrem
Glück schien sich Henri für Schmuck nicht im
Geringsten zu interessieren, sodass er ihn
kommentarlos in sein Schlafzimmer brachte, das wohl
nur aus diesem Zweck dort hängende Bild abnahm und
den Tresor öffnete. Lucy stand am Türrahmen, tat
desinteressiert, obwohl sie sich die Kombination

ganz genau merkte. Sie hatte gute Augen, was ihr
nun sehr nützlich war.

»Zufrieden?« Henri strahlte Lucy an, als hätte er
ihr damit den größten Gefallen auf der Welt getan.
Sie nickte, trat einen Schritt vor und küsste den
Mann, den sie in diesem Moment wieder so
abgrundtief hasste wie am ersten Tag ihrer
Begegnung. Sie spürte seine Hände um ihre Taille
wie die Klauen eines Raubtiers. Doch sie würde sich
ihm hingeben, sich aufopfern. Sich beschmutzen, um
jeden Zweifel in ihm auszumerzen. Auch, wenn sie
sich immer geschworen hatte, es niemals zu tun. Mit
einem gespielten, aber überzeugenden Lächeln
öffnete sich Lucy das Kleid, ließ es zu Boden
fallen und stand nun nur noch in ihrem Slip vor
Henri, der sie lüstern und zugleich amüsiert
anstarrte. Er berührte ihre Brüste, ehe er Lucy
packte und an sich zog, während sie sein Hemd
öffnete und sanft seinen Oberkörper streichelte.
Dann warf sie sich aufs Bett, grinste ihren Partner
süffisant an und winkte ihn verführerisch zu sich.
Henri, der auf einen Schlag auf allen Wolken zu
schweben schien, zog sich sein Hemd und die Hose
aus, ehe er auf das Bett krabbelte und Lucys Körper
umschlang. Er küsste sie, dann fuhr er langsam
ihren Torso entlang. Lucy schloss ihre Augen,
während sie Henris Lippen auf ihrer Brust, dem
Bauch und den Beinen spürte, ehe er ihr langsam den
Slip auszog. Sie lächelte, stöhnte leise, obwohl
jedes Gefühl von Erregung in Wahrheit von der
Abscheu aufgefressen wurde, die sie in diesem
Augenblick verspürte. Sie hatte ihn endlich dort,

wo sie ihn immer haben wollte. Ergeben, zu ihren
Füßen. Ihr willenlos verfallen.

Doch der Preis, den sie dafür zahlen musste, war
viel zu hoch.

Sie zahlte mit ihrer Würde.

»Was ist denn damals mit Vati passiert?« Lucy blickte ihre Mutter, die einen ihrer besseren und glücklicheren Tage zu haben schien, fragend an. Ihr ging dieses Thema schon lange durch den Kopf, doch bislang hatte sie sich nie getraut, es offen anzusprechen. Nun aber, da ihre Mutter neben ihr auf dem Sofa saß und ihren alten Chansons lauschte, schien die Gelegenheit günstig. Madeleine Duchesne lächelte, wenngleich auch mit einem Schleier der Traurigkeit auf ihren Augen, der stets bei Themen aufzukommen schien, die ihre Vergangenheit betrafen.

»Er ist gestorben, Schätzchen. Das weißt du doch!«

»Ja, aber wie? War er krank?«

Lucys Mutter lächelte sanft, als würde sie ihr indirekt zustimmen wollen.

»Ja, Schatz. Er war krank. Und eines Tages ließ er mich mit dir allein.«

»Und wieso hast du kein Bild von Vati? Ich weiß gar nicht, wie er aussah!«

Madeleine blickte zu ihrer Tochter auf und streichelte ihr sanft über die Wange.

»Weil wir nicht lange genug zusammen waren, Schatz. Es ging alles sehr schnell. Aber er war schön, ein sehr schöner Mann. Er war charmant, klug, witzig. Du hast viele seiner Eigenschaften geerbt. Die Guten!«

»Hatte er denn etwa auch schlechte Eigenschaften?«

Lucys kindlich vorgetragene Frage brachte ihre Mutter zu lachen.

»Kindchen, *jeder* Mensch hat schlechte Eigenschaften. Der Eine ist da nicht anders als der Andere, nicht böser oder frommer, nicht besser oder schlechter. Der Unterschied ist nur, dass manche Leute ihre negativen Eigenschaften besser verstecken können!«

»Und Vati?«

Madeleine Duchesne blickte verträumt aus dem Fenster, wo ein Spatz eine kurze Rast einlegte, sein Gefieder putzte und dann weiterflog. In die Freiheit, während sie selbst sich einen Käfig gebaut hatte, aus dem sie niemals wieder ausbrechen konnte.

»Vati hat sie versteckt, Schatz. Besser als jeder Mensch, der mir seither jemals begegnete!«

Lucy nickte, obwohl sie die Worte ihrer Mutter nicht wirklich verstand. Vielleicht war es auch besser so.

»Denkst du noch oft an Vati?« Lucy blickte ihre Mutter mitfühlend an, was dieser abermals ein Lächeln entlockte, ehe sie sie in die Arme schloss.

»Jeden Tag, mein Engelchen. Jeden Tag.«

Henri gab seiner Partnerin einen langen, sinnlichen Abschiedskuss, ehe er in seinen Wagen einstieg. Ein schwarzer DS, sein Fahrzeug für Geschäftsreisen. Er wirkte melancholisch beim Gedanken, sie alleine zu lassen, obwohl er bereits am nächsten Vormittag zurückkehren würde. Seit letzter Nacht wirkte er noch anhänglicher, noch sehnsüchtiger nach Lucy und ihrer Liebe. Ihrer Nähe, ihrem Körper. Sie hatte auch alles nur Menschenmögliche dafür getan.

»Ich werde den ganzen Tag über nur an dich denken können!« Henri lächelte Lucy verträumt aus dem Wagen zu, was diese erwiderte.

»Bitte aber nicht während der Fahrt, da sollten deine Gedanken und vor allem deine Augen auf der Straße sein!«

»Zu Befehl, Miss! Und, Lucy? Wenn Audrey da ist, pass auf, dass sie dich nicht auffrisst. Ich glaube ja nach wie vor, dass sie in Wahrheit ein Vampir oder eine Chimäre ist!«

»Ich dachte Siegfrieds Drache?«, fügte Lucy amüsiert hinzu.

»Das auch, aber in ihrer Natur und ihrem Charakter eher Kriemhild. Also seh dich vor! Und, Schatz? Ich liebe dich!«

»Ich dich auch!« Lucy winkte Henri hinterher, als dieser mit seinem Wagen ums Eck bog. Mit etwas Glück würde er doch auf dem Weg zum Weingut gedankenversunken verunglücken, auf der Straße den

Tod finden. Es hätte ihr einige Arbeit erspart, sie
aus dieser Zwickmühle befreit. Wie dumm sie war,
anfangs wirklich geglaubt zu haben, ihr könne die
Aufgabe als Racheengel Spaß machen. Nein, im
Gegenteil. Es war die reinste Hölle, und ihre Seele
selbst ebenso auf dem Weg dorthin.

Lucy fühlte sich wie eine Diebin, als sie in Henris
Schlafzimmer stand und dort den Tresor öffnete.
Tatsächlich war der Begriff gar nicht so falsch:
Falls sie etwas von Interesse finden würde, müsste
sie es wohl tatsächlich mitnehmen und schlicht
hoffen, dass Henri sein Fehlen nicht bemerkte. Im
Tresor lagen – neben ihrem alten und an sich völlig
wertlosen Ring – unzählige Dokumente und
Wertpapiere sowie ein altes Familienalbum, das
Henri dort wohl für den Fall aufbewahrte, dass es
einmal brannte. Er erwähnte letzte Nacht kurz, dass
der Tresor feuerfest sei. Für Lucy war es jedoch
ohnehin nicht von Interesse, er würde wohl kaum ein
Foto ihrer Mutter oder seiner anderen Liebschaften
besitzen. Sie wollte bereits aufgeben, als ihr
unter den Dokumenten ein verblichener Ausweis
auffiel. Ihr Erstaunen wandelte sich erst in Wut,
dann in ein schadenfrohes Lächeln. Lucy hielt Henri
Nardins Parteibuch der NSDAP in den Händen. Dass er
mit den Nazis zusammenarbeitete, war das eine.
Viele der Unternehmer im besetzten Frankreich
wurden damals vor die Wahl gestellt, sich entweder
mit dem neuen Regime abzufinden oder alles zu
verlieren. Dazu war es aber keineswegs
erforderlich, gleich Mitglied der Partei zu werden.

Lucy legte das Parteibuch beiseite und griff nach
dem Fotoalbum, dem sie zuvor noch als für sie
uninteressant keine Beachtung schenkte. Alte
Fotografien von Henri als junger Mann,
Jugendlicher, Kind. Irgendwelche für Lucy völlig
fremden Personen, allesamt wohl Verwandte und
Bekannte. Dann jedoch harrte sie auf einer Seite
inne, ihr Herz pochte. Da war es: die Art von Foto,
die sie gesucht hatte. Ein noch recht junger Henri,
lachend neben Offizieren der SS an einem Tisch
sitzend. Zwischen ihnen, wie hätte es anders sein
können, eine leicht bekleidete Dame. Vermutlich
entstanden in einem der Nachtclubs der Stadt. Die
Nazis genossen während ihrer Besatzung durchaus den
französischen Lebensstil. Lucy war es vollkommen
schleierhaft, wieso Henri diesen Mist überhaupt
aufbewahrte und nicht schon nach dem Krieg entsorgt
hat. So wie fast alle anderen Nazi-Kollaborateure.
Und dann noch hier, wie ein Schatz im Safe! Es
ergab keinerlei Sinn. Es sei denn, er hegte noch
immer eine gewisse Sympathie für das damalige
Regime. Eine Vorstellung, die Lucy nicht so recht
glauben konnte. Henri war ein Mistkerl, ein
chauvinistisches Arschloch ohne Reue. Aber ein
Nazi? Doch wer weiß? Schließlich galt Heydrich auch
als kultivierter Mensch mit Vorliebe für klassische
Musik, selbst der Spinner mit dem Stummelbärtchen
war Wagner-Liebhaber. Kultur und Rassenwahn
schienen sich also keineswegs auszuschließen.
Immerhin im Geschichtsunterricht hatte Lucy also
aufgepasst. Nicht, dass ihr das in ihrer späteren
Laufbahn irgendwie geholfen hätte.

Hektisch entfernte sie das betreffende Foto aus dem
Album, steckte es zusammen mit dem Parteibuch in
die Tasche ihrer Strickjacke und legte den Rest
wieder so in den Safe, wie sie ihn vorgefunden
hatte. Hoffentlich lag sie in ihrer Einschätzung
richtig, dass Henri nicht allzu häufig einen Blick
hineinwarf oder die Sachen gar auf Vollständigkeit
überprüfte. Sie bekam, wonach sie gesucht hatte.
Ein Gespräch mit einer der großen Zeitungen in der
Gegend und schon würde die ganze Stadt lesen
können, in was für Machenschaften Henri Nardin
einst verwickelt war. Ob es reichen würde, um ihn
wie zunächst geplant zu ruinieren? Vermutlich
nicht. Aber definitiv, um seinem Ansehen erheblich
zu schaden und ihm so einen Denkzettel zu
verpassen. Und wer weiß, vielleicht würde sich ja
noch mehr finden lassen?

Die Türklingel ließ Lucy, die sich langsam in dem,
was sie tat, sicher gefühlt hatte, lautstark
aufschrecken. Sie warf einen Blick auf ihre Uhr,
kurz nach halb eins. Das musste Audrey sein, sie
hatte ihren Besuch und somit die Zeit schon ganz
vergessen. Wieso musste sie auch immer verschlafen?
Hektisch hängte Lucy das hässliche Landschaftsbild
auf, richtete kurz ihre Haare vor dem Spiegel am
Kleiderschrank in Henris Zimmer und eilte dann zur
Haustüre, wo sie tief durchatmete, ihr schönstes
Lächeln aufsetzte und Audrey begrüßte.

»Hey! Wie schön, dass du gekommen bist!«

»Kein Problem, im Gegenteil. Du hast mich aus
meinem Loch befreit, Zuhause kann es so langweilig

sein! Schau mal, ich habe uns eine Flasche Wein mitgebracht!« Audrey hob zufrieden lächelnd eine Flasche Banard-Wein hoch, die Lucy anerkennend betrachtete.

»Jahrgang 1955, nicht schlecht! Weiß Philippe, dass du die genommen hast?«

Audrey lachte, was Lucys Frage eigentlich schon ausreichend beantwortete.

»Der Kerl hat so viele Weine, dass er es gar nicht merkt, wenn mal eine abhandenkommt. Da stehen Flaschen, die schon älter sind als ich.«

Lucy grinste über Audreys schelmische Bemerkung, ehe sie ihren Gast in das Wohnzimmer führte und dort auf der Couch Platz nahm.

»Wie geht es dir?«

Lucys lapidare Frage löste bei Audrey ein Stirnrunzeln aus.

»Bei jedem anderen Menschen würde ich jetzt denken, dass er nur aus Höflichkeit danach fragt und sich in Wahrheit einen Dreck darum schert, wie es mir geht. Aber bei dir glaube ich sogar, dass die Frage ernst gemeint ist. Und um sie zu beantworten: Ich lebe. Reicht dir das als Antwort?«

Lucy nickte ihrer Freundin zu, ohne zu wissen, ob diese gerade einen Scherz machte oder sich wirklich so schlecht fühlte, wie sie gerade andeutete. Bei Menschen wie ihr wusste man nie, welche Aussage ernst gemeint war und welche nicht. Sie verschleierte damit ihr wahres Inneres, ihre Gefühle. Und genau das war wohl auch ihr Plan.

»Und dir? Glücklich mit deinem ... Kerl?« Audrey blickte sich im Wohnzimmer um, als würde sie im Stillen Henris Einrichtungsstil kritisieren. Nicht, weil er geschmacklos gewesen wäre, sondern einfach, weil es Henris Stil war und damit in ihren Augen schlecht sein *musste*.

»Ganz gut tatsächlich. Er bemüht sich sehr, ist liebevoll und gar nicht aufdringlich!«

Audrey nickte, ehe sie sich ein Stück nach vorne beugte.

»Lass mich raten: Er war mit dir schon im Bett, ja?« Audrey lachte. »Entschuldige meine Indiskretion, aber wenn du diese Frage bejahen musst, *hat* er sich aufdringlich verhalten. Du hast es nur schlicht und ergreifend nicht gemerkt!«

»Schon, aber es geschah ja aus freien Stücken!« Lucy kam sich seltsam dabei vor, Henri zu verteidigen. Aber sonst wäre ihre Rolle wohl kaum glaubhaft gewesen.

»*Ich möchte es langsam mit Ihnen angehen lassen, Henri! Ich werde keine Ihrer Eroberungen werden, Henri!*«, äffte sie Audrey mit hoher Stimme nach. »Merkst du, worauf ich hinaus will? Der Kerl umgarnt einen so lange, bis man seine Wünsche und Begierden für die eigenen hält.«

Lucy starrte Audrey für eine Weile mit einem eingefrorenen Lächeln an, ohne eine wirkliche Antwort zu wissen.

»Verzeih mir, ich wollte dich nicht beleidigen!«, fügte Audrey schließlich nach einer längeren Pause hinzu. »Also, wo habt ihr eure Weingläser versteckt? In der Küche oder an der Bar?«

»Bar. Ich gehe selber hin, bleib ruhig sitzen! Du bist schließlich mein Gast!«, entgegnete ihr Lucy leicht nervös. Ihr wurde warm, so wie immer, wenn sie unter Stress stand. Warum nur hatte sie dem Treffen mit Audrey überhaupt zugestimmt? Lucy zog sich die Strickjacke, die sie eigentlich nur Zuhause trug, aus und legte sie auf das Sofa, ehe sie aufstand und an der Bar zwei Weingläser holte.

»Ups!«

Audreys Ausruf ließ Lucy aufschrecken. Sie war in den letzten Tagen hypersensibel geworden, was ihr noch den letzten Nerv kostete.

»Was ist denn?«

»Deine Strickjacke ist heruntergefallen! Warte, ich ... «

»Ich mach' das schon!« Lucys gereizt wirkende Stimme schien Audrey nicht im Geringsten davon abzuhalten, das Kleidungsstück dennoch vom Boden aufzuheben. Sie hatte das verdammte Foto und das Parteibuch vergessen! Wieso nur konnte sie das Zeug nicht einfach in Henris Schlafzimmer liegen lassen? Nein, sie musste es sich ja direkt einstecken!

Lucy trat näher und lächelte, als wie von ihr
befürchtet sowohl das Foto als auch das Dokument
aus der Jackentasche zu Boden fielen. Audrey legte
ihren Kopf schräg und warf neugierig einen Blick
auf die Sachen, die sie eigentlich gar nichts
angingen.

»Das ... ist interessant!« Audrey blickte zu Lucy
auf und wirkte ernst, aber keineswegs entrüstet
oder wütend.

»Das ... hatte ich mir nur angesehen! Ich meine,
ich ... « Lucy verstummte, als sie in Audreys
regungsloses Gesicht blickte. Dann stellte sie die
Gläser ab und setzte sich langsam wieder hin.

»Die waren in Henris Safe, stimmts?«, hakte Audrey
mit leiser Stimme nach. »Raus damit: Wer bist du
wirklich, hmm?«

Lucy blickte zu Boden, ihr Herz raste. Sie hatte
bereits befürchtet, dass es am ehesten Audrey war,
die ihr am Ende auf die Schliche kommen würde. Sie
zögerte eine Weile, suchte nach Ausreden. Doch es
gab keine.

»Ich bin Henris Tochter!«

Audreys Augen weiteten sich. Sie wirkte schockiert,
zugleich aber dennoch nicht überrascht.

»Deine Mutter hatte also eine Affäre mit ihm?«

»Ja. Er versprach ihr die große Liebe und all das,
du kennst es ja. Dann wurde sie schwanger. Er
zahlte ihr Geld und schickte sie fort. Sie hat das

nie überwunden, wurde depressiv und alkoholkrank.
Sie hat sich umgebracht, vom Verkauf ihres Hauses
und des kleinen Ladens habe ich das Geld, hier die
feine Dame zu spielen. Ich bin nicht reich, Audrey,
im Gegenteil. Ich verliere hier das bisschen, was
ich noch habe. Aber das ist mir egal, solange ... «

»Solange du deine Rache bekommst!«, ergänzte Audrey
ihren Satz.

»Ja. Ich fand das in seinem Safe. Er war bei der
NSDAP, traf sich mit Leuten von der SS. Und den
Durchschlag eines Schecks, der die Zahlung des
Schweigegelds an meine Mutter beweist, habe ich
auch noch. Das ist nicht viel, aber vielleicht
genug, um ihm zu schaden!«

Lucy blickte Audrey an und stellte erstaunt fest,
dass diese entspannt und keineswegs entrüstet
wirkte. Sie blickten sich eine Weile lang an, ehe
Audrey verständnisvoll nickte.

»Er hat einen alten Geschäftspartner seines Vaters
verraten, wusstest du das? Louis Almond, ein
Unternehmer hier aus Nizza. Er half jüdischen
Bekannten zur Flucht, später auch deren Verwandten
und Freunden. Viele wussten es, auch Henris Vater,
doch alle schwiegen. Nur Henri wollte Stärke
zeigen, sich bei den Besatzern anbiedern. Er
verriet Louis, wofür er dann erschossen wurde.
Henri wiederum galt seitdem als Freund der Nazis,
bekam viele Aufträge. Sein Vater war zumindest in
der Hinsicht etwa weniger skrupellos, aber da sein
Unternehmen davon profitierte, konnte er ja
schlecht etwas dagegen sagen, nicht wahr?«

Audrey lächelte bei ihren Ausführungen, was Lucy
vollends irritierte.

»Wieso zur Hölle erzählst du mir das?«

»Weil Henri es verdient hat! Er ... hat mich
damals, als ich ihn kennenlernte, ziemlich
belästigt. Man könnte von Nötigung sprechen,
vielleicht gar von versuchter Vergewaltigung.
Schließlich war es Philippe, der dies bemerkte und
dazwischenging. Henri kann ein Tier sein. Heute
vielleicht weniger, aber vor ein paar Jahren war er
in der Hinsicht unberechenbar!«

»Ich dachte immer, du würdest ihn irgendwie
trotzdem mögen. Ich habe eure kleinen Wortgefechte
immer als ... Flirts angesehen!«

Audrey lachte herzhaft, während sie die Flasche
Wein öffnete, ihnen einschenkte und einen großen
Schluck nahm.

»Das soll man auch denken! Und Henri sieht es
vielleicht wirklich so. Tatsächlich macht es mir
irgendwie auch Spaß, aber Zuneigung zu ihm habe ich
deshalb in keinster Weise! Würde er hier und heute
tot umfallen, es wäre mir vollkommen egal.«

»Aber ... wenn ich diese Sachen an die
Öffentlichkeit bringe, würde das auch dir und
Philippe schaden. Das möchte ich nicht!«

»Mach dir darum keine Sorgen, uns wird es schon gut
gehen. Philippe wäre ohne Henri und seine
unzuverlässige, verschwenderische Art ohnehin
besser dran und erfolgreicher. Er traut sich nur

nicht, ein eigenes Unternehmen zu gründen und seine Anteile an Banard zu verkaufen. Die alte Freundschaft bindet ihn, weißt du? Von daher wäre so ein Skandal vielleicht der eine Stein, der alles ins Rollen bringen könnte.«

Lucy nickte, obwohl sie rein gar nichts verstand. Ihr war klar, dass Audrey einen komplexen Charakter hatte. Aber das hier ging über all ihre Mutmaßungen hinaus.

»Ich erzähle dir jetzt ein Geheimnis, ja?« Audreys Gesichtsausdruck wurde ernst, fast schon traurig. »Aber du musst versprechen, es niemals jemandem zu sagen. Niemals, verstanden? Dann verspreche ich dir auch, dass dieses Gespräch hier nie stattfand und ich nie gesehen habe, was du aus dem Safe genommen hast!«

Wieder antwortete Lucy nur mit einem Nicken. Sie war zu perplex, um etwas zu sagen.

»Ich habe mich damals nur auf Philippe eingelassen, weil er Geld hatte. Ich mochte ihn nicht, er war zu alt und nicht mein Typ. Nicht, dass du denkst, ich wäre eine dieser Frauen, die auf Reichtum und Geschenke aus sind. Nein, so bin ich nicht. Aber ich war am Ende, pleite. Meine Eltern hinterließen mir Schulden, sonst nichts. Da kam er wie gerufen. Henri war mir zu übergriffig, also habe ich den Vernünftigeren der beiden Geschäftspartner geschnappt! Liebe war nie im Spiel, zumindest nicht zu Beginn. Mittlerweile ... ist er mir sehr wichtig, auch wenn ich solche Gefühle nur schlecht zugeben kann!«

Audrey senkte ihren Kopf und zeigte Lucy damit erstmals eine verletzlichere, ehrliche Seite.

»Halte mich also bitte nicht für einen guten Menschen, denn das bin ich nicht. Im Grunde genommen ist niemand von uns hier ein guter Mensch, Lucy. Wir leben alle in unserer eigenen, egoistischen Welt, haben unsere eigenen Ziele im Auge. Auch, wenn wir das nie zugeben würden, uns oft für besser oder moralischer halten. Aber eigentlich sind wir doch alle gleichermaßen furchtbar!«

Lucy schluckte, ihre Augen auf Audreys fixiert. Sie beschloss, auf diese pessimistische Bemerkung am besten nicht weiter einzugehen.

»Zwei Frauen und ihre Geheimnisse, hmm?« Lucys Bemerkung ließ Audrey aufhorchen und entlockte ihr ein melancholisch wirkendes Lächeln.

»Ja, so ist es!« Audrey musterte ihr Gegenüber eine Weile. Man sah ihr regelrecht an, dass ihr wieder einmal die Gedanken durch den Kopf schossen. »Und du hast wirklich ... mit ihm geschlafen?«

Lucy runzelte die Stirn und blickte Audrey kritisch an, ehe beide über diese so absurde Situation unfreiwillig lachen mussten.

»Es widert mich an und ich schäme mich dafür, aber ja, habe ich.«

»Das ist ... krank!«, entgegnete Audrey mit einem mitfühlenden Lächeln. Lucy nickte zustimmend.

»Kann man wohl sagen!«

Audrey zögerte abermals, ehe sie wieder ihre Freundin anblickte.

»Und wie ... war er?«

Lucy warf Audrey einen schockierten Blick zu, wodurch diese abermals lachen musste.

»Wer von uns ist jetzt krank, hmm?«

»Guter Punkt!«, merkte Audrey trocken an. »Also, wie verbleiben wir zwei nun? Wie möchtest du vorgehen?«

Lucy blickte zu Boden. Sie musste gestehen, dass sie selbst nicht wirklich eine Antwort auf diese Frage wusste.

»Nun, ich wollte diese Sachen einer Tageszeitung zukommen lassen. Als ungenannte Informantin quasi. Die sollen dann darüber eine Story machen und veröffentlichen!«

»Anonym, hmm?«, hakte Audrey lächelnd nach. »Hattest du vor, dich ihm am Ende zu erkennen zu geben? Ich meine ... ihm zu sagen, wer du wirklich bist?«

Lucy zögerte kurz, ehe sie vorsichtig nickte.

»Eigentlich ... ja, ich hatte es so geplant!«

»Dann plane um. Es bringt dir nur Ärger ein, wenn er weiß, von wem der Hinweis stammt! Sag der Zeitung, dass sie nur schreiben dürfen, ihnen

liegen Unterlagen vor, die die Behauptungen der
Informantin beweisen. Auf keinen Fall aber, um was
für Unterlagen es sich handelt. Sonst weiß er, dass
jemand an seinem Safe war, und das kannst dann nur
du gewesen sein! Nein, leg das Zeug wieder so
hinein, wie du es gefunden hast, und spiel die
Unschuldige. Danach trennst du dich von Henri und
kannst dein Leben genießen! Ich würde nur ungern
eine neue, vielversprechende Künstlerin verlieren!
Oh, und bitte sag der Zeitung auch, dass sie mit
der Veröffentlichung noch bis nach der
Kunstausstellung warten sollen. Skandale vor der
Eröffnung kann ich wirklich nicht gebrauchen!«

Lucy war zugleich fasziniert und entsetzt über
Audreys Rücksichtslosigkeit, was diese anhand ihres
Blickes auch zu bemerken schien und mit einem
Lächeln beantwortete.

»Hab kein schlechtes Gewissen, es trifft nicht den
Falschen. Oder findest du es richtig, dass er
damals nie dafür belangt wurde, einen Menschen ans
Messer geliefert zu haben? An seinen Händen klebt
Blut, das soll ruhig jeder wissen. Irgendwann kommt
es sowieso heraus, wieso also nicht jetzt und durch
dich? Philippe und mir wird das auf langfristige
Sicht nur Vorteile bringen, ohne Henri wäre er
besser dran! Schau uns doch an, wir nagen ja quasi
schon am Hungertuch!« Lucy lachte über die
scherzhafte letzte Bemerkung ihrer Freundin, die
dazu noch eine traurige Grimasse zog, während sie
sich einen der Kekse nahm, die in einer Schale auf
dem kleinen Beistelltisch zwischen ihnen lagen.

»Ja, ihr müsst schon viel Leid ertragen!«

Audrey schien gerade antworten zu wollen, als ihr
der Keks herunterfiel und auf ihrem Kleid landete,
wo er einen Fleck hinterließ.

»Genau! Siehst du? Jetzt ist mir der Trüffelkeks
auf mein Prada-Kleid gefallen!«

Lucy schüttelte mit gespielter Entrüstung den Kopf.

»So viel Elend auf der Welt!«

Der Uhrmacher und Verkäufer Luc Seydoux schloss wie
jeden Abend seinen kleinen Laden in der Seitengasse
von innen ab, ehe er sich in seine Werkstatt
zurückzog und dort noch eine Weile lang ein paar
Uhren von Kunden reparierte. Oben in seiner Wohnung
gab es nichts, was von ihm von Interesse war. Er,
mittlerweile schon viel zu angeschlagen, um noch
ein solches Geschäft mehr oder weniger alleine zu
leiten, hatte nur noch seine Arbeit. Die Frau schon
vor Jahren gestorben, die einzige Tochter weit weg
in Amerika. Sie vergaß ihren Vater, den kleinen
Laden. Vielleicht hätte sie mehr Interesse an den
Tag gelegt, wenn er den großen Betrieb seines
Vaters hätte halten können. Aber dem war nicht so,
wieso also darüber auch nur einen Gedanken
verschwenden? Nein, es war die Arbeit, die ihn am
Leben hielt. Auch, wenn er mittlerweile von einem
jüngeren Uhrmacher unterstützt wurde. Gerade an die
wertvolleren, filigranen Uhren traute er sich
inzwischen nicht mehr heran. Lange würde er sein
Handwerk ohnehin nicht mehr ausüben können; es
brachte kaum noch etwas ein und die Konkurrenz
größerer, professioneller auftretender Juweliere
wurde zu erdrückend. Er hatte bereits Angebote
bekommen. Nicht für den Laden, sondern für das
Haus. Oder besser gesagt für das Grundstück, auf
dem es stand. Bald schon würde all das hier der
Vergangenheit angehören.

Luc Seydoux lächelte. Was für ein Zufall, noch einmal die Uhr in den Händen zu halten, die er einst an seinem ersten Tag als Angestellter im Geschäft seines Vaters verkauft hatte. Auch, wenn er hoffte, dass die neue Besitzerin mehr Freude mit ihr haben würde. Doch daran hegte er keinen Zweifel. Jedenfalls erschien es ihm wie ein Kreis, der sich nach all den Jahren zu schließen schien. Ein schöner Tag. Vielleicht nicht lukrativ, aber schön. Morgen würde er von seinem jungen Angestellten sicher zu hören bekommen, er hätte die Uhr zu günstig verkauft. Aber was zählte das schon? Hauptsache, sie war in guten Händen.

Gähnend rieb sich der Uhrmacher die Augen. Es war noch nicht sehr spät, aber mittlerweile wurde er immer schneller müde. Das Herz, sagten die Ärzte. Er griff nach der großen Kaffeetasse auf seinem Tisch, trank einen kräftigen Schluck und warf einen Blick auf seine Armbanduhr, die alte Omega seines Vaters. Ein Lächeln glitt über seine Lippen. Ja, es war wirklich ein schöner Tag. Dann schlief Luc Seydoux an seinem Platz in der kleinen, geliebten Werkstatt ein.

Und wachte nie wieder auf.

–

»Sie sind sich über die Tragweite dieses Berichts bewusst, ja?« Der Journalist blickte von den ihm vorgelegten Dokumenten auf und betrachtete die mysteriös erscheinende junge Frau mit altmodischer Hochsteckfrisur, zugeknöpften, nichtssagenden Klamotten und einer großen Sonnenbrille, die

jegliche Mimik zu verdecken schien. Sie versteckte
sich, lief als alte Jungfer durch die Gegend,
obwohl sie dies seiner Meinung nach überhaupt nicht
nötig gehabt hätte.

»Das bin ich. Können Sie damit etwas anfangen?
Natürlich nur unter den Konditionen, die ich Ihnen
eben genannt habe!«, antwortete die junge Dame
völlig unbeirrt und ohne Regung in ihrer Stimme.
Sie wirkte eiskalt, berechnend.

»Ja, mit Sicherheit. Auch, wenn es ohne die
Dokumente schwieriger sein wird, diese
Anschuldigungen später auch zu beweisen. Diese
Sache mit dem Geschäftsmann Almond, den Henri
Nardin angeblich verraten haben soll, werden wir
recherchieren. Davon muss es irgendwo noch
Unterlagen geben. Und wenn wir die finden, brauchen
wir dieses Foto und das Parteibuch nicht einmal.
Dann haben wir den Kerl am Wickel!« Der Journalist
lachte, verstummte aber schnell wieder, nachdem er
bemerkt hatte, damit bei seinem Gegenüber keinerlei
Reaktion auszulösen. Sie war wie ein Gespenst,
nicht einmal ihren Namen wusste er. Aber eigentlich
war ihm das auch völlig egal. Sollte sie halt ihre
geheimnisvolle Nummer abziehen, seine Zeitung
arbeitete mit dem, was die Leser interessierte. Und
das waren eben Klatsch und Skandale. Geschichten
über Nazis erwiesen sich immer als besonders
populär. Insbesondere, wenn vermeintlich anerkannte
Bürger darin involviert waren. Falls der Verrat an
Almond durch Nardin wirklich stattgefunden hatte,
würden seine Reporter die Beweise dafür finden.
Ganz ohne die vergilbten Dokumente dieser

Unbekannten, die am Ende nur der Stein des Anstoßes sein würde.

»Ich muss Ihnen allerdings gleich sagen, dass ich Ihnen für diese Art von Story nicht wirklich etwas zahlen kann!«, beugte er mit ernster Stimme vor, um mögliche Hoffnungen auf einen dicken Scheck zunichtezumachen. »Hätten Sie uns die Dokumente zur Veröffentlichung hier gelassen, wäre das etwas anderes gewesen. Aber so?«

»Ich habe genug Geld, ich brauche Ihre lächerlichen Zahlungen nicht!«, raunte die Frau unfreundlich zurück. »Hauptsache ist, Sie halten sich an meine Bedingungen: Keine Erwähnung meiner Person, keine Nennung der genauen Unterlagen, die Ihnen hier vorlagen. Und die Veröffentlichung sämtlicher Artikel zu diesem Thema darf frühestens nächste Woche erfolgen. Habe ich dafür Ihr Wort als ehrenvoller Journalist?«

»Selbstredend, junge Dame!« Der etwas beleibte Redakteur streckte ihr lächelnd die Hand entgegen, welche sie nach kurzem Zögern annahm. Sie wusste, dass sie diesem Kerl kein bisschen vertrauen konnte. Aber sie *musste* es, eine andere Wahl gab es nicht. Die größeren, seriösen Zeitungen würden einen wichtigen Mann wie Henri Nardin nicht wegen solcher dürftigen Beweise gleich an den Pranger stellen. Zumal er gute Kontakte zu diversen Verlegen und Redakteuren hatte, das erzählte ihr Audrey am gestrigen Abend nach ein paar Gläsern Wein. Also blieb am Ende nur dieses schmierige, an sich eher unwichtige Klatschblatt, das sich zur

164

Aufgabe gemacht hatte, prominente Persönlichkeiten durch den Dreck zu ziehen. Kein großer Wurf, dennoch gab es gerade hier in Nizza viele Leser dieser bedruckten Papierverschwendung, die meist an den Kiosken und Bäckereien auslag. Genug Leute würden von der Nazi-Vergangenheit ihres geschätzten Mitbürgers Henri Nardin erfahren. So viele, dass dann auch die großen Zeitungen trotz aller Freundschaft nicht länger schweigen konnten. Erst recht, falls es diesem schleimigen Subjekt vor ihr tatsächlich gelingen sollte, weitere Informationen oder Beweise über den laut Audrey damals von Henri verratenen und später hingerichteten Geschäftsmann zu finden.

»Sie werden es nicht bereuen, unsere Zeitung mit dieser delikaten Geschichte beehrt zu haben!«, fügte der Mann mit einem Grinsen hinzu, welches wohl charmant wirken sollte, Lucy aber eher an einen Triebtäter erinnerte. Sie lächelte, obwohl ihr in diesem Moment bereits klar war, dass sie diesen Besuch *definitiv* bereuen würde.

Genau wie ihr ganzer Plan und die Idee, überhaupt jemals nach Nizza gereist zu sein.

Sie war zu einer Reise aufgebrochen, ohne überhaupt ihr Ziel zu kennen. Und mit jedem Tag wuchs die Angst, es auch niemals zu erreichen.

Audrey nahm Lucy an die Hand wie eine ältere Schwester, nachdem sie aus dem Jaguar ausgestiegen und nun gemeinsam die Treppen hinauf zu der Galerie

geeilt waren, in der morgen der große Tag der
Premiere stattfinden würde: Mathilde Dubois und
Lucy Duchesne, die Ausstellung. Nicht nur vom
Nachnamen, sondern auch vom Zeichenstil sehr
ähnlich, zumindest laut Audreys Sachverstand. Lucy
selbst hatte sich bislang bei den Vorbereitungen
zur Ausstellung davor gedrückt, sich ihre
inzwischen gerahmten und an den Wänden hängenden
Werke in den Räumlichkeiten des Kunstsammlers
Claude Costello anzusehen. Doch heute, einen Tag
vor der Eröffnung, konnte sie sich nicht länger
davor drücken. Zumal auch Mathilde Dubois darauf
drängte, die ihr bislang noch unbekannte Künstlerin
endlich kennenzulernen.

Audrey lief voran und führte Lucy in einen großen,
kühl und modern wirkenden Raum mit hohen Decken.
Die linke Seite der Galerie war den Werken der
bereits namhaften Mathilde Dubois vorbehalten,
während auf der rechten Seite die Newcomerin ihre
große Fläche bekam. In der Mitte luden Tische, auf
denen morgen Champagner und Häppchen serviert
werden würden, zum gemeinsamen Gespräch ein.

»Mathilde, da bist du ja!« Audrey begrüßte eine
ihnen den Rücken zukehrende Frau mit langen,
wallenden Haaren, ehe diese sich umdrehte und sie
neugierig, zugleich aber auch distanziert wirkend
betrachtete. Sie war laut Audrey Anfang vierzig,
wirkte aber wesentlich jünger. Ihr Gesicht war
zart, filigran. Allgemein strahlte sie eine große
Schönheit, aber auch eine gewisse Noblesse aus.

»Hallo Audrey! Und Sie müssen Lucy sein, nicht wahr? Mathilde Dubois, es ist mir eine große Freude!« Mathilde streckte ihre bleiche, einer Porzellanpuppe ähnelnde Hand aus und gab Lucy einen kaum spürbaren Händedruck. Sie lächelte, wirkte dabei aber fast schon gequält, als sei dies keine Emotion, zu der ihr Körper normalerweise fähig war. »Ich muss zugeben, dass ich Ihre Werke schon in den letzten Tagen während der Vorbereitung bewundert habe. Sehr ausdrucksstark!«

Lucy spürte regelrecht, wie sie vor der unnahbaren, aber vielleicht gerade deshalb so faszinierenden Künstlerin rot anlief, was Audrey zum Lächeln brachte und selbst bei Mathilde eine gewisse Sympathie auszulösen schien.

»Ich danke Ihnen, Mathilde! Aber Ihre Werke sind dennoch unnachahmlich. Ich habe Sie schon in diversen Publikationen bewundern dürfen.« Lucy lächelte charmant und bemerkte aus dem Augenwinkel, wie sich Audrey ein breites Grinsen verkneifen musste. Ja, sie hatte Mathildes Werke in diversen Publikationen bewundert. Nämlich gestern Abend, mit Audreys Hilfe und diversen Broschüren zu früheren Ausstellungen der Künstlerin. Zuvor, das musste Lucy ganz frei zugeben, hatte sie noch nie irgendetwas von dieser angeblich so weltberühmten Frau gehört.

»Es freut mich, dass Ihnen meine Werke gefallen. Apropos gefallen, wie finden Sie die Präsentation hier in der Galerie? Ich finde sie superb, der Lichteinfall in Claudes Räumlichkeiten gibt den

Bildern stets so eine ... Strahlkraft, nicht wahr? Audrey, du und Claude schafft es jedes Mal aufs Neue, mich zu verblüffen!«

Audrey machte eine leichte Verbeugung, als sei sie gerade von der Queen oder Präsident De Gaulle höchstpersönlich geadelt worden, während Lucy nur lächelnd nickte.

»Ja, es ... gefällt mir sehr gut. Auch der ... Lichteinfall!«

Mathilde erwiderte ihr Lächeln, ehe sie durch ein Scheppern hinter ihr aufgeschreckt wurde, das einer der Arbeiter verursacht hatte.

»Hey! Sie da! Passen Sie bitte auf, jedes dieser Werke hat einen großen materiellen *und* persönlichen Wert für mich!« Mathilde warf dem Mann einen wütenden Blick zu, ehe sie sich wieder ihren Gesprächspartnern zuwandte und die Augen verdrehte.

»Gott, der einzige Kritikpunkt sind wahrlich die Barbaren, die Claude bei jeder Ausstellung als Hilfskräfte einstellt. Als würde es keine Männer geben, die kräftig sind *und* eine gewisse Achtung vor der künstlerischen Strahlkraft meiner Werke haben!«

»Na ja, bei mir können sie nichts falsch machen. Meine Bilder sind nicht teuer!«, merkte Lucy scherzhaft im Versuch an, Mathildes Stimmung wieder ein bisschen zu heben.

»Nanu?« Mathilde blickte Lucy mit erstaunten, großen Augen an, was irgendwie fast schon wieder süß wirkte. Nicht, dass sie je auf die Idee gekommen wäre, ihr das zu sagen. »So dürfen Sie über sich und Ihre Werke aber nicht reden! Lucy, Sie müssen mehr Selbstbewusstsein entwickeln, das ist sehr wichtig in unserer Branche. Morgen werden hunderte Leute Ihre Werke betrachten. Leute, die seit Jahren oder sogar Jahrzehnten in der Kunstszene aktiv sind und Ahnung haben. So wie Audrey hier!«

»Bei mir sind es nur wenige Jahre, und keine Jahrzehnte, wenn ich bitten darf!«, merkte Audrey scherzhaft an, womit sie nun endlich auch Mathilde ein kurzes Lachen entlockte.

»Jedenfalls«, fuhr sie belehrend fort, »haben Ihre Werke eine große Wirkung auf mich, den Besuchern morgen wird es da nicht anders ergehen. Glauben Sie mir, schon morgen werden Sie zumindest in der regionalen Kunstszene einen gewissen Namen haben und Ihre Werke durchaus gute Preise erzielen. Wo wir gerade davon sprechen: haben Sie die Absicht, morgen nur auszustellen, oder auch Werke zu veräußern?«

Lucy warf Audrey einen fragenden Blick zu, als müsste sie hier die Entscheidungen treffen. Audrey zögerte kurz, dann nickte sie mit einem Zwinkern zu Lucy.

»Ja, wollte sie. Nicht wahr, Lucy? Sei nicht so bescheiden, man wird dir die Werke bestimmt aus den Händen reißen!«

»An welchen Betrag pro Bild dachten Sie? Oder gibt es schon so etwas wie eine Preisliste? Dann richte ich es Claude aus. Er ist aktuell noch in Marseille, aber morgen wird er natürlich mit von der Partie sein.« Mathilde zückte einen Stift und einen kleinen Notizblock und blickte Lucy fragend an. Diese warf abermals einen Blick zu Audrey, den sie diesmal jedoch zu ignorieren schien.

»Nun, vielleicht ... 30 Francs pro Bild?« Lucys schüchtern vorgetragener Preisvorschlag führte zu fragenden Blicken bei Audrey und Mathilde, die sich erst eine Weile lang erstaunt anstarrten und dann laut auflachten.

»30 Francs? Mein Kind, selbst die Rahmen kosten mehr! Die kleinsten Formate fangen bei mir bei etwa *300* Francs an. Die größeren Werke auf Anfrage, Individualpreise!« Mathilde lächelte über ihre eigene Bemerkung, die Lucy durchaus zu deuten wusste. *Individualpreis* bedeutete wohl, dass die Künstlerin den Wert eines Werkes am Geldbeutel des Interessenten anpasste. Alleine schon 300 Francs für eine einzige, kleine Zeichnung erschienen Lucy wie ein Vermögen.

»Ich nehme das Finanzielle in die Hand, wenn dir das Recht ist!«, schlug Audrey ihrem Schützling noch immer amüsiert vor, ehe Mathilde die nächste Frage hatte.

»Gibt es eigentlich wieder eine Veranstaltung für den inneren Zirkel nach der eigentlichen Ausstellung? Wieder bei euch?«

Audrey lächelte und warf Lucy einen kurzen, fragenden Blick zu.

»Gibt es, aber ausnahmsweise nicht bei uns. Henri hat sich angeboten, die Feier diesmal bei sich stattfinden zu lassen. Immerhin ist es seine neue Partnerin, deren Werke mit im Mittelpunkt stehen!«

Lucy lächelte und machte damit gute Miene zu bösen Spiel. Audrey hatte ihr erst vorhin auf der Hinfahrt erzählt, dass sich Henri regelrecht aufgedrängt hätte, diesmal die eigentlich von ihm so verhasste *After-Show-Party* zu organisieren, bei der sonst immer Philippe der Gastgeber war. Der innere Zirkel, von dem Mathilde sprach, war hierbei der Kreis der besonders eng befreundeten Künstler und Kunstsammler, die nach der Ausstellungseröffnung stets noch den Abend im engeren Kreis ausklingen ließen.

»Wundervoll! Lucy, das wird ein toller Tag morgen!« Mathilde klopfte Lucy sanft auf die Schulter, als würde sie ihr damit mehr Zuversicht geben. Lucy gab sich die größte Mühe, eben jene Zuversicht und vor allem Vorfreude auszustrahlen, obwohl beides absolut nicht in ihr vorhanden war. Sie fühlte sich schlecht, wieder einmal hatte sich ihr Gewissen zur denkbar schlechtesten Zeit gemeldet und sie daran erinnert, wie sehr sie Audrey und Philippe ausnutzte, ohne es eigentlich zu wollen. Dabei wusste Audrey bereits Bescheid und entschied sich dennoch dazu, ihr weiter unter die Arme zu greifen. Vielleicht, weil Lucy das tat, was sie insgeheim schon seit Jahren tun wollte:

Aus ihrem alten Leben auszubrechen, sich von den Fesseln ihrer Vergangenheit endgültig zu befreien und niemals wieder zurückzublicken.

Henri begrüßte Lucy vor der Galerie mit seinem charmantesten Lächeln. Er stand wie ein klassischer Gigolo vor dem schwarzen Ferrari und posierte, als würde er dabei für einen Hochglanzkatalog für den Autohersteller oder einen exklusiven Herrenbekleider fotografiert werden.

»Da ist ja meine große Künstlerin! Lust auf einen kleinen Ausflug?« So lautete seine Einladung, die ihm Lucy schlicht und ergreifend nicht ausschlagen konnte. Erstens, weil es vor den anderen Anwesenden sonst seltsam erschienen wäre, und zweitens, da Lucy zumindest kurz eine Ablenkung von all dem Trubel brauchte, den sie sich ungewollt durch ihren Plan selbst angehängt hatte. Selbst, wenn diese Ablenkung aus dem Mann bestand, dem sie eigentlich damit letzten Endes schaden wollte. Lucy selbst fand ihre Beziehung zu Henri dermaßen ambivalent, dass sie sich immer häufiger unsicher darüber war, ob sie den Mann – ungeachtet seiner vergangenen Taten – nun verachten oder in irgendeiner seltsamen Form bewundern sollte. Henri Nardin lebte jeden Tag, als sei es der Letzte. Unkonventionell, frei und ohne Rücksicht auf die Konsequenzen. Von den geschäftlichen Themen vielleicht einmal abgesehen. Im Grunde lebte er das Leben, von dem Lucy stets geträumt hatte. Sie litt seit ihrer Kindheit, ohne dieses Ziel jemals erreichen zu können, während er

von Anfang an eine sorglose Existenz hatte und all
das als selbstverständlich annahm. Für Henri
existierte nur seine eigene, kleine Welt. Alles
andere war unwichtig, irrelevant. Eine Tatsache,
für die Lucy ihn beinahe noch mehr hasste, als für
das Verstoßen ihrer Mutter. Wo war die Dankbarkeit
für das, was er hatte? Es gab sie nicht. Und es
würde sie auch nie geben.

»Ein Toast für die faszinierendste Frau, die ich
jemals kannte. Und die Frau, die ich liebe!« Henri
hob sein Glas mit einem zufriedenen, fast schon
stolzen Gesichtsausdruck. Lucy erwiderte seine
Geste, prostete ihm zu und nahm einen kräftigen
Schluck Martini, den sie im Moment auch gut
gebrauchen konnte. Langsam verstand sie Audreys
Hang zum Alkoholismus, der ihr in den letzten Tagen
immer mehr aufgefallen war.

»Ich danke dir, lieber Henri! Wie komme ich
eigentlich zu der Ehre? Nur wegen der
Ausstellung?«, hakte Lucy neugierig nach. Sie fand
Henris spontanes Erscheinen vor der Galerie
irgendwie seltsam. Erst recht, da er mit ihr zuerst
eine halbe Stunde lang durch die Gegend fuhr, ehe
er hier mit ihr in eine Bar ganz in der Nähe des
gemeinsamen Appartements einkehrte. Henri lachte
herzlich, an diesem Abend schien er wieder einmal
seinen ganzen Charme spielen zu lassen. Und Lucy
musste zugeben, dass er dieses Spiel hervorragend
beherrschte.

»Aber Lucy, was heißt hier *nur* wegen der
Ausstellung? Das ist eine große Sache! Meinst du,

Audrey würde jedem beliebigen Künstler die Chance geben, seine Werke in der Galerie auszustellen? Sie erkennt dein Potenzial. Genauso wie diese seltsame Künstlertante, die heute bei euch war!«

»Meinst du Mathilde Dubois?«

»Genau die!« Henri verdrehte die Augen, was Lucy zum Lachen brachte und ihre Nervosität verschwinden ließ. »Sie ist unheimlich. Wie ein Alien, der nur aussieht wie ein Mensch! In einem Moment betrachtest du noch eines ihrer Bilder, und im nächsten saugt sie dir dein Gehirn aus!«

»Wenn du es sagst. Du hast ja Erfahrung mit Frauen, die dir Dinge aussaugen. Nicht wahr, Henri?« Lucy lächelte ihren Partner zynisch an, während dieser kurz ohne Worte zu sein schien, dann aber laut auflachte.

»Ah, wie sehr ich diese frivolen, trockenen Bemerkungen vermisst habe!«

»Vermisst? Wir haben uns erst heute Morgen gesehen!«, merkte Lucy amüsiert an. Henri nickte beschwichtigend.

»Ja, und das ist eine zu lange Unterbrechung! Du bist eine Droge, ich brauche dich. Jeden Tag mehr, sie macht abhängig!«

»Drogen sind gefährlich, Henri!«, erwiderte Lucy mit leiser Stimme. »Und eine Überdosis kann dich umbringen.«

Henri wurde kurz ernst und nickte langsam, ehe er
wieder lächelte. Lucys Herz klopfte. Die letzte
Bemerkung hätte sie sich sparen können. Nicht nur,
dass sie ein ziemlicher Stimmungskiller war,
sondern auch die Tatsache, dass sie dieser eine
Spruch direkt wieder in die harte Realität
zurückwarf. Sie *war* seine Droge. Eine Droge, die
ihn langsam zerstören würde.

»Und wenn schon, wer möchte schon alt werden?«
Henris süffisant geäußerte Antwort beruhigte Lucy.
Vermutlich machte sie sich zu viele Sorgen,
schließlich war sein Humor oftmals nicht minder
zweideutig, gehässig oder niveaulos. »Ich meine,
kannst du dir mich als alten Mann vorstellen? Mit
achtzig, neunzig Jahren, in einem Pflegeheim
sitzend? Brr, gruselig. Mein Vater starb mit 83,
aber der war auch noch fit! Er schlief beim
Zeitungslesen ein und wachte nicht mehr auf.«

»Tja, lesen entspannt!«, erwiderte Lucy trocken mit
Blick auf ihr bereits leeres Martiniglas, was Henri
ebenfalls zum Lachen brachte. Sie ahnte schon, dass
sein Verhältnis zum scheinbar recht strengen Vater
nicht besonders gut war und er deshalb kein Problem
mit ihrem schwarzen Humor hatte.

»Deshalb höre ich lieber Musik. Ich habe mir heute
übrigens eine Platte gekauft, die mir bislang noch
in der Sammlung fehlte: ein Best-of von Charles
Trenet. Du kennst doch garantiert *La Mer*, oder? Ein
wundervolles Stück! Es lässt alte Erinnerungen
hochkommen.«

Lucy zuckte zusammen, was ihr Gegenüber jedoch nicht zu bemerken schien. Sie versuchte bestmöglich, die Erinnerungen an ihre tote Mutter zu verdrängen, die ihr alleine bei der Erwähnung dieses Stücks unmittelbar kamen. Sie winkte einen Ober zu sich, um so ein wenig von der Situation abzulenken und sich zu beruhigen.

»Ober, noch einen Martini!« Sie atmete tief durch, ehe sie Henri wieder in die Augen sehen und ihn anlächeln konnte.

»Ja, ein traumhaft schönes Stück. Was für ... Erinnerungen kommen denn bei dir hoch, wenn du es hörst? Etwa an eine Frau?«

Henri, der an diesem Abend erstaunlich lange an seinem ersten Drink saß, hob lächelnd die Hände und gab seiner Partnerin dann einen *Daumen nach oben.*

»Du kannst mich lesen wie ein offenes Buch, nicht wahr? Ja, an eine Frau. Sie ... « Henri schien kurz über etwas nachzudenken, ehe er lachte. »Sie hieß meines Wissens nach sogar ebenfalls Duchesne. Oder war es doch ein anderer Name? Vielleicht spielt meine Erinnerung auch nur einen Scherz mit mir, Namen konnte ich mir nie gut merken! Außerdem sprach ich sie auch immer nur mit Vornamen an: Madeleine!«

Lucy nickte interessiert mit ihrem leicht lächelnden Pokerface. Zu ihrem Erstaunen erschütterte sie die Erwähnung ihrer Mutter durch Henri weit weniger, als sie zunächst gedacht hatte. Vielleicht, da er schwärmend und fast schon liebevoll von ihr sprach, was so gar nicht zu seinen damaligen Handlungen passte. Außerdem schien er sie glücklicherweise auch nicht mit ihr in Verbindung zu bringen, obwohl er sich ihren Nachnamen gemerkt hatte. Aber schließlich gab es viele Leute in Frankreich, die Duchesne hießen.

»Und wer war sie? Hast du sie geliebt?«, hakte Lucy mit einem süffisanten Lächeln nach. Henri schien zu zögern, sein Lächeln verschwand und er blickte hinab in seinen Drink, als würde er dort eine Antwort auf ihre Frage finden.

»Ja, ich ... habe sie geliebt. Aber es endete ... kompliziert! Es gab damals Dinge, die ich gerne ungeschehen machen und ändern würde. Aber das geht leider nicht, also lass uns nicht in die Vergangenheit blicken, ja?« Henri lächelte, scheiterte aber kläglich beim Versuch, unbeschwert und fröhlich zu klingen. Eine Reaktion, die Lucy bis ins Mark erschaudern ließ. Er kannte nach über zwanzig Jahren noch den Namen ihrer Mutter, verband noch immer ihr Lieblingslied mit ihr und schien noch immer mit Melancholie und Reue an das zu denken, was damals geschah. Für einen Moment fühlte sie sich, als würde sich die Welt um sie herum immer schneller drehen, einstürzen und sie in die ewige Dunkelheit ziehen.

»Alles in Ordnung bei dir, Lucy? Du siehst besorgt aus!« Henris Frage riss Lucy aus ihrer Gedankenwelt und ließ sie kurz aufschrecken, ehe sie wieder voll zu sich kam und ihr gewohnt-unbeschwertes Lächeln aufsetzte.

»Ja, alles gut. Ich ... dachte nur daran, wie liebevoll du von dieser Person sprachst. Es zeigt mir, dass du eine Seite hast, die nicht viele Leute zu kennen scheinen!«

Henri nickte nicht ihr, sondern seinem Drink zu, nahm das Glas und trank den Rest mit einem Schluck leer.

»Habe ich. Aber bitte sag es keinem, ich mag meine Rolle so wie sie ist ganz gern!«

»Auch das mit den Affären?«, hakte Lucy kritisch nach, was von Henri mit einem leisen Lachen und dem Griff nach ihrer Hand beantwortet wurde.

»Nein, das ist vorbei! Bist du fertig? Dann können wir zahlen. Ich ... habe da eine kleine Überraschung für dich vorbereitet!«

Lucy nickte, warf ihrem Partner einen Kussmund zu und ließ ihn dann einen der Ober zum Bezahlen zu sich rufen. Nach all den Überraschungen der letzten Tage wäre ihr eine gute Unterraschung im Moment lieber gewesen.

Henri grinste fast die gesamte, wenngleich auch kurze Rückfahrt zu ihrem gemeinsamen Appartement wie ein kleines Kind, das am Weihnachtsabend darauf wartete, endlich zur Bescherung in die gute Stube gelassen zu werden. Lucy musste zugeben, dass sich sein Charakter seit ihrer ersten Begegnung stark ins Positive gewandelt hatte, was ihr die Ausführung ihres Plans nicht gerade vereinfachte.

Immer wieder schwankte sie hin und her, von
Sympathie zu Abscheu. Ein furchtbares
Gedankenkarussell.

Endlich an der Wohnungstüre eingetroffen, schloss
Henri auf, hielt seiner Partnerin lächelnd die Türe
offen und ließ sie als erste eintreten.

Verwundert und beinahe schon vorsichtig betrat Lucy
das Wohnzimmer, als sie auf einmal ein Geräusch
hinter einem der Sofas hörte. Ein Kratzen! Sie trat
einen Schritt zurück, ehe eine Katze unter dem
Möbel hervorkam. Neugierig und mit großen Augen
blickte das Rassekätzchen seine neue Besitzerin an,
miaute laut und lief mit eiligen Schritten zu ihr.

»Ein Kätzchen!« Lucy konnte und wollte ihre Freude
über diese Überraschung nicht verbergen. Verklärt
lächelnd kniete sie nieder, um das kleine
Fellknäuel zu ihren Füßen zu streicheln. Henri, der
noch immer am Türrahmen stand, schüttelte lächelnd
den Kopf.

»Nein, *zwei* Kätzchen!«

Auf sein Kommandowort hin betraten Philippe und
Audrey das Wohnzimmer; Audrey trug das zweite
Kätzchen auf ihrem Arm und grinste dabei, als würde
sie sich selbst sehnlichst diese kuscheligen
Haustiere wünschen.

»Überraschung! Henri bat uns, hier dabei zu sein.
Ich hoffe, ihm ist sein Plan gelungen, dir eine
kleine Freude zu machen!«, erklärte Philippe,

während Audrey noch immer mit dem zweiten Kätzchen
auf ihrem Arm herumspielte.

»Eine *riesige* Freude!«, erwiderte Lucy aufgelöst.
Sie musste aufpassen, nicht noch in Tränen
auszubrechen. »Ich wollte früher schon immer eine
Katze haben, bekam aber nie eine. Ich ... ich
dachte, du magst keine Tiere im Haus?«

Henri zuckte mit den Schultern, ehe er zu den
anderen trat und einen Blick auf die neuen
Mitbewohner warf.

»Für dich tue ich alles. Außerdem ... sehen sie ja
ganz süß aus!«

Lächelnd umarmte Henri seine Freundin, die noch
immer vollkommen perplex war. Selbst Audrey schien
überrascht von seiner Geste. Lucy konnte nicht
anders, als ihn noch fester an sich zu drücken. Und
wenn es nur war, um für einen Moment die Illusion
zu haben, die Kätzchen nicht von ihrem
vermeintlichen Liebhaber, sondern von ihrem so
sehnlichst vermissten Vater geschenkt bekommen zu
haben. Als seine Tochter, nicht seine Geliebte.

In diesem Moment wurde ihr klar, dass sie es nicht
tun konnte. Sie konnte ihn nicht ans Messer
liefern, ihn ruinieren oder in der Öffentlichkeit
bloßstellen. Sie hatte sich davon überzeugen
können, dass der junge Mann aus den frühen
Nachkriegstagen heute eine vollkommen andere Person
war. Vielleicht würde sie ihn nie ohne Vorbehalte
lieben können, vermutlich würde sie ihm auch
niemals ihre wahre Identität preisgeben oder gar

bei ihm bleiben. Sehr wohl aber konnte sie die eine
Sache tun, die wohl am besten war: gehen.

»Vergiss nicht, morgen um 13 Uhr!«, erinnerte sie
Audrey an die morgige Ausstellung, als hätte sie in
diesem Moment ihre Gedanken lesen können. Wer weiß,
vielleicht konnte sie es auch. Verwundert hätte
Lucy mittlerweile nichts mehr.

»Gut! Nun, da wir das geklärt haben: Wer hat Lust
auf einen Drink?« Henri, durstig wie immer, ging zu
der kleinen Bar und griff nach dem Whiskey. Er
schien so guter Laune, dass er nicht einmal daran
dachte, Audrey neue Spitznamen zu verpassen.

»Einen Bourbon!«, merkte Philippe lächelnd an.

»Martini, wie immer«, raunzte Audrey vor sich hin,
während sie eine der Katzen streichelte. Lucy
nickte ihrem Partner zu und zeigte ihm eine *Zwei*
mit den Fingern, ehe sie Audrey antippte.

»Könnte ich dich kurz sprechen? In Ruhe?«

Audrey blickte auf, nickte und griff in ihre kleine
Handtasche, um ein Feuerzeug und Zigaretten
herauszuholen.

»Schatz? Ich gehe mal eben eine rauchen, ja? Lucy
kommt mit, Damengespräche! Lucy, follow me!«

»Ich dachte, du wolltest das Rauchen aufhören?«,
fragte Philippe mit enttäuschter Stimme. Audrey
runzelte die Stirn.

»Aufhören? Darling, wie langweilig. Nachher werde
ich noch alt, daran wärst dann du schuld mit deinem

Gesundheitstick! Außerdem ist doch eh alles
vergänglich, egal was man tut. Darum wäre es doch
schade, gesund zu sterben!«

Lucy warf ihrem lachenden Freund noch ein Lächeln
zu, ehe sie mit Audrey auf den Balkon trat, der
eine fantastische Aussicht auf das Viertel bot.
Erst jetzt wurde Lucy so richtig bewusst, wie
seltsam und anwidernd es klang, wenn sie Henri
selbst schon in ihren Gedanken als *Freund* oder
Partner titulierte. Großer Gott, er war ihr
verdammter Vater!

Audrey steckte sich die Zigarette an, nahm einen
kräftigen Zug und schloss ihre Augen, während sie
den Rauch fast schon kunstvoll aus ihrem Mund
stieß. Sie wirkte, während sie so an der Brüstung
des Balkons stand, ihre schmale Zigarette rauchte
und in die Ferne blickte, wie das Motiv eines
Künstlers. Die perfekte, klischeehafte Französin,
wie sie sich Ausländer wohl gerne vorstellten. Nur,
dass diese Französin in Wahrheit eine Britin war.

»Lass mich raten: Es geht um Henri?« Audrey äußerte
ihre Mutmaßung, ohne dabei Lucy überhaupt
anzusehen. Stattdessen betrachtete sie die Menschen
und Autos auf der Straße unter ihr, als würde sie
springen wollen. Nicht, dass sie es wirklich in
Erwägung zog, aber durch den Kopf ging es ihr
sicherlich häufiger. Lucy kannte das Gefühl. Wer
nicht?

»Ja. Ich ... ich denke, ich habe meine Meinung
geändert! Ich *kann* ihm einfach nicht so viel Leid
zufügen!«

Audrey nickte, zog noch einmal an ihrer Zigarette
und schnippte sie dann hinunter auf die Straße.

»Vielleicht hat Philippe ja recht mit dem Rauchen,
was meinst du?« Sie blickte nach unten, als würde
sie der Zigarette nachschauen wollen, ehe sie sich
ihrer Freundin zuwandte. »Ich verstehe dich, Lucy.
Ich bin auch erstaunt über Henri, im positiven
Sinne. Er scheint dich wirklich zu lieben, nicht
nur als flüchtige Affäre. Es scheint, es ist ihm
ernst und er ist tatsächlich bereit, sich für dich
zu wandeln. Weißt du, manchmal ist es vielleicht
auch besser, die alten Dämonen ruhen zu lassen.
Auch, wenn deine Rache absolute Berechtigung hat.
Ich kenne ihn ja selbst noch von seiner alten
Seite! Und ich muss zugeben, dass ich ihn unbedingt
loswerden wollte. Als späte Rache für sein früheres
Ich. Da kam mir dein Plan wie gerufen. Aber
mittlerweile zweifle ich auch daran!«

»Und was soll ich tun? Ich war doch schon bei der
Zeitung!«

Audrey nickte, starrte abermals verklärt in die
Ferne und hob dann den Zeigefinger, als sei ihr
soeben eine Idee gekommen.

»Ruf den Redakteur an, gleich morgen früh. Sag ihm,
dass die Informationen über Henri Nardin falsch
waren und du sie zurückziehen willst. Falls das
nicht hilft, biete ihm Geld an!«

»Ich habe aber kein Geld! Und ich kann ja schlecht
Henri darum bitten, oder?«

»Dafür bin ich da!« Audrey lächelte gütig, sie erschien Lucy fast schon melancholisch. »Ich nehme an, du wirst uns wohl dann bald wieder verlassen, oder? Oder möchtest du Henri die Wahrheit sagen? Als Pärchen wirst du ja wohl nicht mit ihm leben wollen, nehme ich mal stark an!«

Lucy lachte, was wohl eher in den Bereich des Galgenhumors einzuordnen war. Nein, diese Vorstellung war doch zu grotesk.

»Das stimmt. Aber ich bin mir aktuell noch unsicher, was ich tun soll. Eigentlich ... würde ich sogar gerne bleiben!«

Audrey lächelte, von ganzem Herzen und verletzlich wirkend.

»Es würde mich freuen! Denn weißt du, ich habe mich selten mit jemandem hier so gut verstanden wie mit dir. Seit du hier bist, ist einfach viel mehr los. Ich meine, hallo? Katzen? *Ich* habe von Philippe noch nie Katzen bekommen! Oder einen Porsche. Oder ... einen Porsche voller Katzen!« Audrey hob ihre Hände und tätzelte wie eine Katze nach Lucy, was beide Frauen zum Lachen brachte.

»Das kann ich nur zurückgeben! Du ... bedeutest mir sehr viel!«

Audrey wirkte geschmeichelt, ehe sie auf einmal Lucy mit ernster Miene direkt in die Augen starrte.

»Und ... wenn wir beide zusammen durchbrennen? Ich habe doch gesehen, wie du mich manchmal anstarrst.

Die Sehnsucht nach meinem Körper wie meine zu deinem! Komm, gib es zu, du willst es doch auch!«

Lucy wich einen Schritt zurück und starrte ihre Freundin mit großen Augen an.

»Das ... war jetzt aber hoffentlich ein Scherz, oder?«

»Nein, ich wollte dich hier und jetzt auf dem Balkon vernaschen, während uns Henri und Philippe dabei zusehen. Ja, natürlich war es ein Scherz!«

Lucy lachte erleichtert auf, ehe sie ein wenig fröstelte.

»Es ist etwas kühl heute, findest du nicht? Komm, lass uns wieder hineingehen!«

»Klar!« Audrey öffnete Lucy die Balkontüre und ließ sie zuerst hinein, ehe sie sich ihr in den Weg stellte.

»Hättest du meine Frage denn ... ansonsten mit *Ja* beantwortet? Reine Neugier, mehr nicht!«

Audrey grinste feixend, während Lucy kopfschüttelnd an ihr vorbeilief.

»Du bist doof!«

Mit glasigen Augen starrte Madeleine Duchesne das kleine Tagebuch an, welches sie hin und wieder aus ihrem Schreibtisch zog, um in Erinnerungen zu schwelgen. Wobei *Schwelgen* wohl nicht der korrekte Begriff war. Sie quälte sich viel mehr mit den Dingen, die vergangen und somit unumkehrbar waren. Lucy verstand nie, wieso sich ihre Mutter das antat, immer und immer wieder.

»Liest du etwas über Vati?«

Madeleine horchte auf, ein sanftes und doch so bitteres Lächeln glitt über ihre Lippen. Es war selten, dass ihre Tochter sich solch eine Frage überhaupt traute. Zu groß war die Angst vor einer plötzlichen, wütenden Reaktion. Schreie, Schläge. Oder schlicht und einfach ein weiterer Rückfall ihrer labilen Mutter, der in einer langen Nacht voller Alkohol endete. Doch heute, an diesem einen, verregneten Abend, hatte sie Glück.

»Ja, Liebes. Mamis altes Tagebuch!«

Lucy griff nach der Hand ihrer Mutter, drückte sie fest an sich. So wie sie es oft tat, wenn sie traurig war. Wie gerne hätte sie gefragt, ob auch sie einmal das Tagebuch lesen durfte. Doch sie kannte die Antwort, es war zwecklos. Mami bewahrte es wie einen Schatz in der abgeschlossenen Schublade ihres Nachtschränkchens. Lucy wusste, wo sich dessen Schlüssel befand, doch sie hätte nie das Vertrauen ihrer Mutter missbrauchen können.

Erst viele Jahre später begriff sie, was Madeleine Duchesne über Jahre hinweg langsam auffraß. Es dauerte mehr als zwanzig Jahre, ehe sie die Wahrheit erfuhr. Die Wahrheit, dass ihr Vater noch lebte. Nicht aus dem Mund ihrer Mutter, nein, erst nach deren Tod durch die alten Tagebucheinträge.

»Denkst du oft an Vati?«, fragte Lucy neugierig und auf eine so freundliche Art und Weise, dass selbst ihre Mutter ihr nicht böse sein konnte.

»Ja, mein Schatz! Fast jeden Tag. Manchmal bin ich seinetwegen wütend, ja. Dann aber wieder denke ich an die schönen Seiten. Und die gab es, definitiv. Manchmal wünschte ich mir, ich könnte es ungeschehen machen. Ihn wieder sehen, in meine Arme schließen. Und du hättest einen Vati verdient gehabt, mein kleiner Engel!« Madeleine Duchesne streichelte ihrer Tochter liebevoll über den Kopf und schenkte ihr damit einen der raren, unbeschwerten, liebevollen Momente in ihrer gemeinsamen Zeit auf Erden.

»Aber ich brauche gar keinen Papi. Dafür habe ich doch schon die allerbeste Mami!«

Ihre Mutter lächelte glücklich und traurig zugleich, ehe sie ihre Tochter an sich drückte. Lucy hatte ihre Mutter niemals angelogen. Außer in dieser einen Sache. Sie war nicht die allerbeste Mami. Nein, sie konnte die Hölle sein.

Und dennoch, mehr als alles andere, liebten sie
sich.

-

»Unser Chefredakteur ist heute leider nicht im
Hause, kann ich ihm eine Nachricht von Ihnen
hinterlassen?«

Lucy verdrehte die Augen, als sie diese
Standardantwort von der Sekretärin erhielt, die sie
gerade am Telefon hatte. Alleine dieser Satz! *Kann
ich eine Nachricht hinterlassen?* Keine Ahnung,
kannst du? Wäre hilfreich, bei deinem Job.

»Nein, das muss ich mit ihm persönlich besprechen.
Wo ist er denn bitte? Im Urlaub?«

»Er besucht heute eine Ausstellung in der Galerie
eines befreundeten Sammlers. Ich werde ihm
ausrichten, dass Sie angerufen haben!«, antwortete
die Sekretärin mit gelangweilter Stimme. Ohne
weiteren Kommentar legte Lucy den Hörer auf und
schloss für einen Moment die Augen, um sich zu
sammeln und kurz zu verdrängen, in was für eine
Lage sie sich gebracht hatte. Natürlich musste von
allen Menschen auf dieser schönen Erde ausgerechnet
der schmierige Redakteur Gast auf der Ausstellung
sein. Aber die Geldleute kannten sich eben
untereinander, und besonders für ein Klatschblatt
gab es nichts Wichtigeres als gute Kontakte in eben
jenen Kreisen. Würde er sie erkennen? Wohl kaum.
Dennoch war es ein weiterer Punkt auf Lucy
mittlerweile sehr langen Liste an Dingen, die
schiefgehen konnten.

»Da ist ja meine Schönheit!« Henri lächelte seiner noch im Nachthemd und Morgenmantel bekleideten Partnerin zu, legte seine Arme um sie und küsste ihren Nacken. Noch immer fühlte Lucy den Ekel, die Abneigung zu diesen Berührungen des Mannes, der sie einst gezeugt und dann abgeschoben hatte. Mittlerweile beruhten diese Gefühle aber nicht mehr auf der Tatsache, dass sie Henri verabscheute oder hasste. Nein, viel mehr hasste sie sich in diesem Moment selbst. In was hatte sie sich verwandelt? Sie verstand nie so ganz, wie ihre Mutter von einem einst fröhlichen Menschen zu dem wurde, was sie an ihrem Lebensende war. Doch jetzt, mit ein bisschen Abstand und ihren eigenen Erfahrungen, verstand sie es nur zu gut. An jenem Morgen blickte Lucy nach dem Aufstehen in den Spiegel und sah dort eine Frau, die aussah wie sie. Und dennoch, trotz aller Ähnlichkeit, hatte diese Frau nichts mehr mit der Lucy gemein, die noch vor wenigen Wochen existierte.

»Heute ist dein großer Tag!«

Lucy spürte Henris Küsse, die von ihrem Nacken langsam zu ihrem Hals wanderten. Sie wollte ihn erst von sich stoßen, ehe sie sich dann doch zu ihm umdrehte und in seine blauen, wenn er wollte so herzlich wirkenden Augen blickte.

»Du siehst schön aus, immer.« Henri musterte Lucy und sprach dabei mehr zu sich selbst als zu ihr. »Ich kannte schon Frauen, die habe ich nach dem Abschminken nicht wiedererkannt!«

189

Lucy lachte über Henris Bemerkung, von der sie
nicht wusste, ob sie nun als Witz oder als etwas
seltsames Kompliment gedacht war. Vielleicht ja
auch beides.

»Ich bin etwas nervös!«, gestand Lucy ihrem Freund,
während seine Hände langsam ihren Körper
herabrutschten, ehe sie an ihrer Hüfte stehen
blieben. »Und lass deine Pfoten bei dir!«

Lucy klatschte Henri verspielt auf die Finger,
woraufhin dieser laut aufschrie und sich die Hände
rieb. Auf seinem Gesicht war wieder der Schalk zu
sehen, der ihn seit seiner Jugend ausmachte.

»Aua, Hilfe! Häusliche Gewalt!« Henri lachte eine
Weile lang über seine eigene Albernheit und die
Freude, die er damit Lucy zu machen schien, ehe er
wieder ernst wurde und sie sanft in seine Arme
schloss.

»Du brauchst dir keine Sorgen zu machen, mein
Schatz. Wenn etwas sein sollte, sind Audrey,
Philippe und ich doch die ganze Zeit bei dir. Glaub
mir, es kann absolut nichts schiefgehen!«

Lucy streichelte sanft Henris Oberkörper, blickte
dann zu ihm auf und lächelte, um ihm zumindest das
Gefühl zu schenken, beruhigt zu sein und sich
geborgen zu fühlen. Letzteres stimmte
ironischerweise sogar. Ja, sie fühlte sich in
diesem Moment geborgen, so seltsam und falsch es
auch klingen mochte. Nur sicher, sicher fühlte sie
sich überhaupt nichts. Denn in dieser Sache hatte
Henri Unrecht. Er wusste es eben nicht besser.

Nichts war gut. Und absolut *alles* konnte schiefgehen.

Lucy stieg aus Audreys Jaguar und fühlte sich, als würde ihr Korsett sie ersticken und ihren Oberkörper langsam zerquetschen. Dabei trug sie gar keines, sie fühlte sich lediglich so. Und es schnürte sich noch enger, je näher sie der Menschenmenge kam, die sich am Eingang der Galerie miteinander unterhielt.

»Ruhig bleiben!«, flüsterte ihr Audrey mit sanfter Stimme zu, während sie im Vorbeigehen Gäste begrüßte und mit ihr durch den Haupteingang eilte. »Du hast die Schönheit und Anmut einer Deneuve, also entspann dich!«

Lucy beantwortete die Bemerkung ihrer Freundin und Gönnerin lediglich mit einem nervösen Nicken, dann hielt sie kurz inne und atmete tief durch.

»Bereit?« Audrey drückte ihr die Hand und deutete auf Mathilde Dubois, die bereits eine große Menschentraube um sich geschart hatte und selbstbewusst von ihrer Kunst schwärmte.

»Bereit!«

Audrey setzte ihr schönstes und zugleich unnatürlichstes Lächeln auf, womit sie wie eine Schaufensterpuppe wirkte, und trat gemeinsam mit ihrem Schützling an die große Künstlerin heran, die sie schließlich in der Menschenmenge erkannte.

»Audrey! Lucy! Wie schön, dass Sie hier sind!«,
rief sie fröhlich, als wäre ihr Aufeinandertreffen
für sie in irgendeiner Form eine Überraschung
gewesen. Lucy überlegte sich kurz, eine
sarkastische Bemerkung darüber zu äußern, dass die
Hälfte der Bilder in diesem Raum von *ihr* stammten
und sie deshalb *natürlich* hier sein, entschied sich
dann aber dagegen, da sie sich sicher war, damit
bei Mathilde nicht unbedingt auf Zuneigung zu
stoßen.

»Meine Damen, meine Herren!« Mathilde packte Lucy
am Arm und schleifte sie zu sich, nachdem sie zuvor
die ganze Zeit von Audrey durch die Gegend gezogen
wurde. Langsam fühlte sie sich mehr wie ein
modisches Accessoire als ein lebender Mensch. »Das
hier ist die junge Künstlerin, mit der ich mir
diese Ausstellung teile. Einen Applaus für
Mademoiselle Lucy Duchesne!«

Die Gäste applaudierten und lächelten Lucy
offenherzig und interessiert zu. Ein für sie völlig
neues, ungewohntes Gefühl. Sie sah Audrey, die
regelrecht stolz auf sie zu sein schien, ehe sie
ein Stückchen hinter ihr auch Philippe und Henri
bemerkte, die nebeneinander standen und ebenso
angetan wirkten. Es schien, als würde sie die Welt
mit einem Mal bemerken. Nicht nur wegen ihres
Aussehens, der vergänglichen Äußerlichkeiten;
sondern wegen ihres Könnens, ihres Charakters. So,
wie sie war. Als Mensch.

»Verehrte Gäste!« Ein rundlicher, kleiner Mann, der
nach Audreys Beschreibung nur der Kunstsammler und

Mäzen Claude Costello sein konnte, trat in die Mitte des Raums. Er trug einen scheußlichen Anzug mit passender Weste in Lila, auf dem Palmen und Papageien abgebildet waren. Lucy musste sich ein Schmunzeln beim Gedanken verkneifen, dass ihn Audrey ihr als *fette, bunte Qualle* und *Nizzas pummliger Liberace* beschrieben hatte. Ja, mit Freunden wie ihr brauchte man wahrlich keine Feinde.

»Verehrte Gäste!« Erst mit dem zweiten, weitaus lauteren Ausruf schaffte es die kunstbeflissene Qualle, die Aufmerksamkeit der Anwesenden zu erlangen und die lautstarken Gespräche um sich verstummen zu lassen. Zufrieden lächelnd blickte er in die Runde. Er wirkte sympathisch, sah aber mit Ausnahme des ungewöhnlichen Outfits keineswegs wie ein Mann aus, bei dem man ein Vermögen von mehreren Millionen vermuten würde.

»Ich danke Ihnen allen, dass Sie heute an diesem besonderen Tag so zahlreich erschienen sind. Es freut mich sehr, Ihnen in meinen Räumlichkeiten eine einzigartige Ausstellung zweier Künstlerinnen zu präsentieren, deren Werke so wundervoll miteinander harmonieren. Die große Mathilde Dubois und unsere Neuentdeckung, die junge Lucy Duchesne. Ich möchte abermals um einen großen Applaus für diese einzigartigen Frauen bitten!« Costello ließ die neben ihm stehenden Künstlerin von den Anwesenden feiern, während er selbst ebenfalls die Aufmerksamkeit sehr zu genießen schien. Dann schließlich hob er sein Glas Champagner und animierte seine Gäste, es ihm nachzuahmen.

»Ein Hoch auf die Kunst! Und nun, genießen Sie die Werke, trinken Sie ein, zwei oder auch drei Gläschen Champagner und unterhalten sich angenehm!«

Noch bevor Costello seinen Satz beendete, fingen die lautstarken Gespräche schon wieder an. Er blickte zufrieden in den Raum, ehe er sich Lucy zuwandte und ihr einen angedeuteten Handkuss gab.

»Ich habe mich Ihnen ja noch gar nicht förmlich vorgestellt, Mademoiselle! Claude Costello, ich bin überaus erfreut darüber, Ihre Bekanntschaft zu machen und gleichzeitig Ihre allererste Ausstellung organisieren zu dürfen!«

»Vielen herzlichen Dank, Monsieur Costello. Es ist mir eine Ehre!« Lucy lächelte geschmeichelt, auch wenn sie den Herrn vor sich ein wenig arg aufdringlich fand und langsam das Gefühl bekam, von ihm mit seinen Blicken ausgezogen zu werden. Wie gut es doch war, keine Gedanken lesen zu können.

»Die Freude ist ganz meinerseits, Mademoiselle. Und, bitte, nennen Sie mich einfach Claude!«

»Dann vielen Dank, einfach Claude!«, erwiderte Lucy spitzzüngig, was den rundlichen Kunstsammler laut auflachen ließ. Sie ahnte schon, dass er diesen dummen Wortwitz lustig finden würde.

»Einfach Claude! Habt ihr das gehört? Ah, fabelhaft! Audrey, da hast du wahrlich einen ungeschliffenen Diamanten gefunden!«

»Ich weiß«, erwiderte Audrey selbstsicher mit Blick zu Lucy. Dann endlich wurde die Aufmerksamkeit von

Claude Costello auf eine Frau gezogen, die ihm auf die Schulter tippte und ihn überschwänglich begrüßte. Audrey wartete, bis der Mäzen von Dannen gezogen war, ehe sie ihre Augen verdrehte und zum Tisch mit den Getränken deutete.

»Champagner? Ja, Champagner. Ich *brauche* Champagner!«

Lucy folgte ihrer Freundin amüsiert, nahm eines der bereitgestellten Gläser Champagner und prostete ihr zu.

»Auf die Künstlerin!«, rief Audrey in einer Mischung aus Stolz und Freude, was Lucy jedoch mit einem Kopfschütteln quittierte.

»Nein, auf dich. Ohne dich wäre das alles nicht möglich gewesen!«

Audrey zuckte lächelnd mit Schultern, als wollte sie das Kompliment zurückweisen, es andererseits aber auch genießen.

»Danke für die Blumen! Aber es ist ja ein Stück weit auch mein Job, oder zumindest meine Leidenschaft. Außerdem mag ich dich und du hast Talent, wie du an den Reaktionen der Leute hier sehen kannst. Apropos, reagieren: Hast du schon jemanden bei der Zeitung erreicht?«

Lucys Lächeln fror ein. Sie hatte für einen kurzen Augenblick ganz verdrängt, was für Probleme sie noch erwarteten.

»Nein, leider nicht. Ich habe angerufen, es ging
aber nur seine Sekretärin ran. Und stell dir vor:
Sie sagte, dass er heute hier auf der Ausstellung
sei und Claude kennen würde!«

»Claude kennt jeden, ob gut oder schlecht!«, merkte
Audrey abschätzig an, während ihre Augen den Raum
regelrecht abscannten. »Du meinst nicht zufällig
den Redakteur da hinten, oder? Ich kenne ihn vom
Sehen und weiß, dass er mal ein Interview und eine
Fotostrecke mit Claude gemacht hat!«

Lucy fuhr aufgeregt herum, blickte in die Menge und
erkannte dort, am Büfett mit den Häppchen,
tatsächlich den besagten Redakteur, der gerade
eifrig mit zwei Herren sprach.

»Das ist er! Ich muss mit ihm reden!«

»Meinst du nicht, er erkennt dich? War deine
Verkleidung gut genug?«, hakte Audrey kritisch
nach, was Lucy mit einem Nicken bejahte. »Ich komme
besser mit und übernehme das Reden; deine Stimme
würde er garantiert erkennen!«

Ohne eine Antwort oder ein Okay Lucys abzuwarten,
hakte sich Audrey bei ihr ein und eilte mit ihr zu
dem Redakteur, der sein Gespräch mit den beiden
Anzugträgern beendet hatte und sich nun einen Berg
Häppchen auf eine Serviette packte. Eine gierige
Angewohnheit, die Audrey an jedem Büfett sauer
aufstieß. Es gab ihn immer, diesen einen gierigen
Drecksack, der am liebsten die Snacks Tellerweise
mitnehmen oder sich in die Taschen stopfen wollte.

»Monsieur? Sie sind doch der Chefredakteur der *La journée à Nice*, richtig?« Audreys gereizter Ton ließ den rundlichen Mann aufschrecken. Er warf erst ihr, dann Lucy einen erstaunten Blick zu, ehe er schelmisch grinste.

»Ah, Madame Baume! Und Mademoiselle Duchesne! Sie müssen Henri Nardins neueste Eroberung sein, ja? Die aufstrebende Künstlerin. Wenn Sie wollen, kann ich mal ein Porträt über Sie in einer unserer Ausgaben bringen. Nun, was führt Sie zu mir?«

»Das wissen Sie genau!«, keifte Audrey wütend. »Eine ... ehemalige Angestellte meines Mannes hat ohne unser Wissen vertrauliche Dokumente über ihn, Henri Nardin und Banard entwendet. Vermutlich eine Racheaktion aufgrund ihrer Entlassung, was weiß ich. Mir ist jedenfalls zu Ohren gekommen, dass besagte Dame bei Ihnen in der Redaktion war. Ich weiß nicht, was sie Ihnen dort gezeigt oder angeboten hat, aber ich kann Sie nur warnen, diese Dinge zu veröffentlichen! Sie beteiligen sich sonst an einer illegalen Aktion!«

Der Redakteur musterte Audrey von Kopf bis Fuß, ehe er unbeirrt eines der Häppchen auf seiner Serviette verschlang.

»Madame, die Informationen, die ich von ihrer ... *ehemaligen Mitarbeiterin* erhalten habe, sind sehr belastend. Sie beweisen eine Mitgliedschaft Henri Nardins in der NSDAP sowie enge Kontakte zu Offizieren der SS! Außerdem erzählte mir die besagte Dame von einem Geschäftsmann, der dank Nardins Verrat von den Nazis hingerichtet wurde!

Soll ich das etwa alles unter den Teppich kehren
und warten, bis jemand anderes darauf stößt?«

»Ach, alte Gerüchte!«, spielte Audrey die genannten
Indizien herunter. »Diese Geschichte wurde vor
etlichen Jahren mal von einem ehemaligen
Geschäftspartner Banards verbreitet, der dem Ruf
des Unternehmens schaden wollte. Da ist absolut
nichts dran! Und was die Mitgliedschaft bei der
NSDAP angeht: nennen Sie mir einen erfolgreichen
Geschäftsmann hier in der Gegend, der zur damaligen
Zeit *nicht* lieb Kind mit den Nazis gemacht hätte.
Absolut lächerlich, auf solche Art und Weise einen
verdienten Bürger dieser Stadt zu verunglimpfen!«

Lucy hörte der hitzigen Unterhaltung stumm und
interessiert, zugleich aber auch ängstlich zu. Sie
musste zugeben, dass Audrey überaus geschickt
diskutierte. Aber würde das wirklich ausreichen?

»Außerdem wäre Banard bereit, Ihnen und Ihrer
Zeitung die ... sagen wir mal *Rechte* an dieser
vermeintlichen Schlagzeile abzukaufen und damit aus
der Welt zu schaffen. Über die Summe lässt sich
reden, Sie sollen ja schließlich auch etwas davon
haben!«

Audrey gab dem Redakteur wahre Todesblicke, während
dieser weiterhin nur sanft lächelte und dabei
Häppchen aß. Lucy hatte nie zuvor das so große
Bedürfnis, jemandem ins Gesicht zu schlagen.

»Das klingt ja beinahe wie ein
Bestechungsversuch!«, merkte er schließlich nach
längerer Pause an, als hätte er noch nie in seinem

Leben eine Bestechung angenommen. Auch, wenn ihnen allen klar war, dass er es ganz sicher tat. »Ihre Argumentation klingt plausibel, Madame Baume. Doch in einer Sache irren Sie sich, und zwar gewaltig!«

»Die da wäre?«

»Ich ließ zu dem Thema recherchieren, und wissen Sie was? Wir haben die originalen Unterlagen gefunden, die eine direkte Beteiligung Henri Nardins an der Verhaftung dieses Mannes beweisen! Im Bericht steht, Zitat: *durch einen Hinweis von Henri Nardin*. Ob er also nun dafür Geld bekam, mehr Aufträge von den Nazis erhielt oder er gar nicht wusste, was dem armen Teufel nach der Verhaftung blüht, spielt überhaupt keine Rolle! Er hat ihn de facto auf dem Gewissen, und nur *das* interessiert die Leute! Behalten Sie ihr Geld, junge Frau. Ich bin nicht interessiert. Unter normalen Umständen hätten wir uns vielleicht auf diese Art einigen können, schließlich kenne und schätze ich die erbrachten Leistungen Ihres Mannes für unsere Stadt sehr. Aber so eine Story einfach fallen lassen? Entschuldigen Sie! Außerdem haben die Leser ein Recht darauf, die unangenehme Wahrheit zu erfahren. Nein, gute Frau, in der morgigen Ausgabe erscheint der erste Artikel zum Thema!«

»Morgen?«, platzte es mit einem Mal aus Lucy heraus, ohne auf den Ratschlag Audreys zu hören, sich besser nicht einzumischen. »Das ist zu früh! Können Sie nicht zumindest noch etwas damit warten? Eine Art ... Nachrichtensperre?«

Audrey zog Lucy wieder unauffällig ein Stück
zurück. Sie wirkte ratlos und betroffen, was Lucys
letzte Hoffnung auf einen positiven Ausgang der
Sache zunichtemachte.

»Ja, genau das hatte die *Informantin* auch
gefordert. Aber da kannte ich ja noch nicht das
ganze Ausmaß der Geschichte! Ich habe Ihrem Partner
einen Brief zukommen lassen, der ihn vorwarnt. Dann
kann er noch bis morgen ein schriftliches Statement
vorbereiten und sich Gedanken machen, wie er mit
den Vorwürfen umgehen will!« Der Redakteur
lächelte, als hätte er damit in reiner
Menschenliebe und Güte gehandelt, ehe er einen
Schritt näher an Lucy trat. »Überdies werden weder
meine Leser noch er von der mysteriösen Dame in
meinem Büro erfahren. Das ist genug Entgegenkommen,
Mademoiselle! Entschuldigen Sie mich nun bitte, ich
muss zurück ins Büro und hege keine Absicht,
Monsieur Nardin über den Weg zu laufen. Nazi-
Kollaborateure sind mir offen gesagt zuwider. Also,
Heil Hitler, meine Damen!«

Lucy und Audrey blickten dem Mann noch eine Weile
lang fassungslos hinterher, ehe Audrey ihrer
Freundin sanft über den Rücken streichelte. Es
sollte wohl eine Geste der Zuneigung sein, die *ich
bin für dich da*, aber auch *mehr kann ich leider
auch nicht mehr tun* bedeuten konnte.

»Geb dir nicht die Schuld daran!«, flüsterte sie
ihr leise zu, während ihre Blicke nach Henri
Ausschau hielten. »Eines Tages wäre es ohnehin ans
Licht gekommen, auch ohne dich. Was *dem* seine

Reporter herausfinden können, kann nicht besonders
gut versteckt gewesen sein! Du hast es zumindest
versucht. Trotz der Dinge, die mit Henri und deiner
Mutter waren. Das macht dich zum besseren Menschen,
Lucy! Außerdem ... vielleicht nimmt er es ja nicht
so schwer?« Audrey versuchte zu lächeln, sah dabei
jedoch alles andere als überzeugt und sicher aus.
Sie wusste ganz genau, dass Henri eine solche
Enthüllung sehr wohl mitnehmen würde. Finanziell,
genauso wie seelisch. Er war beliebt, trotz aller
Eskapaden. All das gehörte bald schon der
Vergangenheit an. Lucy blickte Audrey besorgt an,
aus irgendeinem Grund machte sie sich in diesem
Moment mehr Gedanken um sie, als um sich selbst.
Vermutlich, da sie sich selbst eigentlich schon
immer egal war, sich und ihr Wohlbefinden stets
hinten anstellte. Außerdem mochte sie Audrey und
befürchtete nun, dass diese ebenfalls Schuldgefühle
hatte. Schließlich hatte sie Lucy die Sache nicht
ausgeredet, sondern sie sogar noch dazu ermutigt.

»Was sollen wir jetzt tun?« Lucys Frage wirkte
verzweifelt und in dieser Situation beinahe schon
lächerlich. Audrey schüttelte den Kopf, während sie
Henri betrachtete, der ihnen aus der Ferne zuwinkte
und unbeschwert lächelte.

»Wir werden nichts tun, liebe Lucy. Absolut nichts.
Wir machen das, was die Leute bei einem Tornado tun
würden: uns im Keller verkriechen und hoffen, dass
nach dem Sturm noch irgendetwas stehen bleibt.«

»Auf der linken Seite sehen Sie die Häppchen, beachten Sie bitte ihre gewaltige *Strahlkraft*! Auf der rechten Seite sehen Sie die Drinks, die sich perfekt in die Szenerie einfügen! Und damit, meine Damen und Herren, ist unsere kleine Feier eröffnet. Genießen Sie den Abend. Oh, und Mathilde, nehmen Sie es mir nicht so übel!« Henri toastete der etwas eingeschnappt wirkenden Künstlerin zu, die über seine kleine Parodie ihrer vorherigen Ansprache nur krampfhaft lächeln konnte. Nach dem offiziellen Teil in der Galerie zog sich der engere Kreis wie versprochen ins Henris Appartement zurück. Er hatte sich in Schale geworfen, den besten Caterer der Stadt bestellt und auch sonst alles getan, um den sonst üblichen Gastgeber Philippe mit seiner Feier in den Schatten zu stellen. Eine Tatsache, die dieser amüsiert wahrnahm. Die Gäste applaudierten, ehe über die Musikanlage Partymusik ertönte und einige Pärchen zu tanzen begannen. Henri stand amüsiert in der Ecke, betrachtete mit einem Champagnerglas in der Hand das bunte Treiben und erblickte dann Lucy, der er feixend zuzwinkerte. Sie lächelte, nicht besonders überzeugend, aber scheinbar überzeugend genug, dass es ihm nicht aufzufallen schien. Aus dem Augenwinkel beobachtete sie Audrey, die gerade zu ihrem Mann ging und ihm einen leidenschaftlichen Kuss gab. Lucy lächelte, obwohl der Grund für diese Liebesbekundung wohl

darin lag, dass sich Audrey mitschuldig gemacht
hatte und der bald über sie hereinbrechende Skandal
auch Philippe Schaden zufügen würde. Selbst, wenn
sein Unternehmen laut Audreys Prognose durch ein
Ausscheiden Henris profitieren mochte. Anschließend
ging Audrey zu dem Tisch mit den Getränken, nahm
sich zwei Gläser Champagner und reichte eines davon
Lucy.

»Trink, wir können es beide gebrauchen!«

»Wann sagen wir Philippe und Henri, dass ich
dahinterstecke? Dass ich die Schuld an all dem
trage, was nun kommt?«

Audrey atmete tief durch, trank ihren Champagner
mit einem Schluck zur Hälfte leer und nickte dann,
als würde sie so ihre soeben gefassten Gedanken
bestätigen wollen.

»Gar nicht. Ich werde mir ewig Vorwürfe deswegen
machen, aber es ist besser so. Wem hilft es schon,
wenn Philippe es erfährt? Oder Henri? Macht es die
Situation besser? Nein, im Gegenteil. Es würde
beiden nur noch mehr Schmerzen zufügen. Belassen
wir es dabei und hoffen, dass damit die Geister der
Vergangenheit für immer vertrieben sind. Die
Dämonen alter Zeiten, die dunklen Seiten. Deine und
Henris. Die Rechnung wäre beglichen!«

Audrey warf einen Blick durch den Raum, lächelte
einem der Gäste zu und trank dann ihren Champagner
leer.

»Und wenn ich die Dämonen damit nur stärker gemacht habe?«

Audrey lächelte Lucy zu und streckte ihr leeres Glas hoch.

»Dann holen wir uns Nachschub. Genieß die Party, Lucy. Bevor sie endgültig vorbei ist!«

Lucy war Audreys Vorbild gefolgt und hatte versucht, während der ausgelassenen Party möglichst gut zu verdrängen, was sie getan hatte oder was bald geschehen würde. Nur wohnte Audrey die Leichtigkeit inne, die für solch ein Unterfangen maßgeblich war. Ihr gelang es, ihre Gefühle abzuschalten und unbeschwert zu wirken. Vielleicht, da ihr gesamtes Leben ein einziger Maskenball war, auf dem man seine wahren Gefühle und Emotionen verstecken oder verdrängen musste. Anders war es wohl nicht zu erklären, dass sie nun, gegen Ende der Feier, eng umschlungen mit ihrem Mann zu einem Song von Serge Gainsbourg tanzte. Mit einer bemerkenswerten Leichtigkeit, die ihresgleichen suchte. So, als gäbe es kein Morgen, kein Gestern. Nur den heutigen Abend, diesen Moment, diesen Tanz in den Armen des Mannes, der sie liebte. Und den sie, da war sich Lucy sicher, trotz aller Unterschiede ebenso liebte.

Es war nicht mehr spät Nachts, sondern mittlerweile schon früh Morgens, als sich langsam die letzten Gäste verabschiedeten. Nur eine kleine, bereits stark angetrunkene Gruppe verblieb im Wohnzimmer

und philosophierte über das Leben, wie man es so
wohl nur nach vielen Gläsern Rotwein oder
Champagner tun konnte. Henri verabschiedete seine
letzten Gäste, ehe er – sehr zu Lucys Entsetzen –
sein Büro betrat, die Türe jedoch offen stehen
ließ, sodass ihn Lucy dabei beobachten konnte, wie
er neben der regulären Post auf seinem Schreibtisch
auch den noch ungeöffneten Brief der Zeitung
bemerkte. Ihr Herz raste, der ganze Raum drehte
sich und schien sich in endlose Finsternis zu
verwandeln, die nur von dem Licht aus Henris Büro
erhellt wurde. Audrey, Philippe und die restlichen
Gäste verschwanden, die Musik verstummte. Henris
Gestalt verwandelte sich in die ihrer Mutter, das
Büro in ihr im künstlichen Licht erleuchtetes
Badezimmer. Madeleine, *Maman*, die sich
gedankenversunken ein Bad einließ, ohne sich zu
entkleiden in die Wanne stieg und dann das aus dem
Kaufmannsladen mitgebrachte Rasiermesser an ihrer
Pulsader ansetzte.

»Lucy! Ist alles in Ordnung?« Audrey packte Lucy
am Arm und blickte ihr besorgt in die Augen. Sie
spürte die Nässe an ihren Füßen, blickte herab und
sah das zerbrochene Champagnerglas, das sie
fallengelassen hatte. Philippe stand direkt neben
Audrey, auch die angetrunkenen Gäste blickten vom
Wohnzimmer erstaunt in ihre Richtung. Sie
antwortete nicht, blickte an ihnen vorbei. Ins
Büro, wo Henri mit dem geöffneten Brief in der Hand
starr in ihre Richtung blickte. Es schien, als
wolle er zu ihr gehen, sie trösten zu wollen. Doch

er war wie eingefroren, unter Schock stehend. Und
Lucy kannte den Grund nur zu gut.

»Mir ... war nur schwindelig!« Lucy schritt,
gelenkt wie in Trance, langsam zur Türe des Büros,
ohne Audrey und Philippe noch eines Blickes zu
würdigen. Audrey wusste, was nun geschehen würde.
Henri blickte die Frau, die er in den letzten Tagen
und Wochen so sehr zu lieben gelernt hatte, mit
glasigen, abwesenden Augen an. Lucy, mittlerweile
wieder etwas klarer bei Sinnen, verschloss sie die
Türe hinter sich, setzte ein Lächeln auf und
versuchte, sich die Schuld nicht zu sehr anmerken
zu lassen.

»Wieso hast du das Glas fallen lassen? Geht es dir
nicht gut?« Henris Stimme klang leer, monoton,
kraftlos, aber dennoch besorgt um sie. Seine
zitternde Hand hielt noch immer den Brief, ehe er
ihn langsam zurück auf den Schreibtisch legte.

»Mir war kurz schwindelig. Und ich war irgendwie in
... Gedanken versunken. Ich musste an ein Erlebnis
von früher denken.«

Henri nickte, blickte zu Boden. Es schien beinahe,
als würde er sich nicht trauen, seiner Partnerin
ins Gesicht zu sehen.

»Ich auch. Gespenster, Lucy. Gespenster. Sie waren
weg, dachte ich. Jahrelang. Ich fühlte mich sicher.
Irgendwann glaubt man nicht mehr daran, noch von
seiner Vergangenheit eingeholt zu werden. Obwohl
man eigentlich weiß, dass es irgendwann geschehen

muss. Doch nun sind die Geister hier, und fordern
ihren Preis!«

»Wovon ... redest du?« Lucys Stimme zitterte, ihr
Herz bebte. Nie zuvor hatte sie sich so elend, so
verkommen und abscheulich gefühlt. Henri reichte
ihr den Brief, blickte sie endlich an und zeigte
ihr hierbei all die Verletzlichkeit und Angst, die
das Schreiben in ihm ausgelöst hatte.

»Lies selbst!«

Lucy nahm das Schreiben, gab vor, es zu lesen,
obwohl sie den Inhalt längst kannte.

»Stimmen diese ... Vorwürfe denn?«

Henri zögerte kurz, drehte seinen Kopf hin und her,
als würde sich sein Körper gegen die Antwort
sträuben. Dann jedoch nickte er.

»Ja. Und es ist kein Tag vergangen, an dem ich
diese Tat nicht bereut hätte. Ich war damals noch
sehr jung, naiv, dumm. Ich wollte meinem Vater
beweisen, dass ich ein würdiger Nachfolger war.
Genauso hart sein konnte wie er! Wie nannte er mich
immer?« Henri blickte zur Decke, als würde er dort
die Antwort finden. Dann lachte er in einer
Mischung aus Wahn und Verzweiflung, trat einen
Schritt vor und verstellte seine Stimme. »*Du
Versager! Schwächling! Du bist so weichlich wie
deine Mutter, aus dir wird nie ein echter Mann! Ich
kann mein Unternehmen nur einem echten Mann
vererben, und du bist keiner! Du warst schon immer*

schwach, von Anfang an. Hätte ich dich doch nur gleich nach der Geburt totgeprügelt!«

Lucy sah der grotesken Szene vor ihr betroffen zu, regte sich keinen Zentimeter.

»Du ... du hättest ihn hören müssen! Ja, so war er. Charmant und nett, in der Öffentlichkeit. Dahinter, hinter der verlogenen Fassade, da ... da herrschte der Tyrann! Mutter zerbrach an seiner Art, da bin ich mir sicher. Er machte sie krank. Und er erinnerte mich, jeden einzelnen Tag, an meine Schwäche. Machte aus jedem kleinen Fehler eine ... eine Oper mit fünf Akten!« Henri schlug die Hände zusammen, lachte über seine eigene Bemerkung. »Aber eines Tages, da ergab sich die Chance! Die Chance, auf die ich gewartet hatte. Ich erfuhr, dass sein ehemaliger Geschäftspartner und späterer Konkurrent Louis Almond Juden zur Flucht aus Frankreich verhalf. Ich ... ich dachte nicht groß darüber nach. Über die Folgen, meine ich. Dumm wie ich war, dachte ich, er wird ins Zuchthaus kommen, enteignet werden. Irgendetwas, durch das ich ihn als Konkurrent aus dem Geschäft drängen konnte. Um Vater zu beweisen, dass ich nicht schwach war, sondern eiskalt sein konnte. Hart, verstehst du? Ich ... ich dachte nicht einmal daran, dass sie ihn hinrichten würden! Ja, ich kannte das Regime und wusste, dass den Judenhelfern der Tod drohte. Aber ich dachte, man würde einen so wohlhabenden Mann anders behandeln. Aber stattdessen ... « Henri trat noch einen Schritt vor, streckte Lucy seine Handinnenflächen entgegen. »Stattdessen haftet hier seit nunmehr 22 Jahren sein Blut. Ich war Mitglied der Partei, der NSDAP. Wie so viele andere auch. Man erhoffte sich hierdurch Vorteile, und die gab es auch. Mehr Aufträge, Anerkennung bei den Männern, die man eigentlich verachtete und hasste. Hochrangige Deutsche kamen bei Vater und mir zu Besuch. SS, Gestapo, alle Ränge. Davon gibt es Fotos, auch mit mir.«

Henri deutete in Richtung seines Schlafzimmers, während er Lucy all die Dinge erklärte, die sie eigentlich längst wusste.

»Ich habe sie aufgehoben, die Fotos und die Dokumente. In meinem Safe im Schlafzimmer. Als Erinnerung, Mahnung. Daran, dass ich niemals wieder die Finsternis in mein Herz lassen darf. Nicht für Geld, nicht für Ruhm. Nicht einmal für die Liebe! Selbst nicht, wenn sie so wundervoll ist wie du. Ich war ein furchtbarer Mensch, Lucy. Aber das ist vorbei!«

Lucy schluckte bei diesem Satz, taumelte einen Schritt zurück. Sie wollte weiter stark bleiben, weiter die Fassade aus Lügen aufrechterhalten. Doch es ging nicht mehr, sie zerbröckelte unter den Tränen, die ihr in die Augen schossen.

»Nein, Henri. *Ich* bin ein so furchtbarer Mensch!« Lucys klagende Stimme riss Henri aus seinem Monolog. Er eilte zu ihr, hielt sie in seinen Armen, blickte sie besorgt an. Wie ausgewechselt schien mit einem Schlag der alte Henri zurück zu sein. Der Mann, der nach Außen hin Stärke zeigte, doch in seinem Inneren so schwach und gebrochen war. Ein Junkie. Seine Drogen das Geld, die Autos, die Partys. Die Frauen.

»Was redest du da? Nein, das stimmt doch nicht!« Henri, der gerade noch selbst den Tränen so nahestand, schenkte seiner Freundin, seiner Liebe, ein letztes Lächeln. »Du bist nicht furchtbar, ich ... ich könnte ohne dich überhaupt nicht mehr! Diese Geschichte hier, die ... die würde ich ohne deine Liebe nie überstehen. Du bist mein Licht, meine große Hoffnung. Und ich bin dem Schicksal so dankbar, dass es mir dich in dieser schweren Zeit geschickt hat! Alles wird gut, solange ich dich habe!«

Henris strahlende Augen fixierten Lucy, ließen die Verzweiflung in ihr ins Unermessliche steigen. Sein Griff, obwohl so sanft und liebevoll, schien sie regelrecht zu zerquetschen. Sie wollte schreien, ihn wegstoßen. Doch stattdessen starrte sie ihn nur an, während ihr die Tränen hinabliefen.

»Ich kann nicht hier bleiben, Henri. Ich muss gehen. Für immer!«

Henri starrte seine Freundin erstaunt an. Unfähig, das soeben Gesagte zu verstehen.

»Wieso? Wohin? Ist ... ist es wegen dieser Sache? Lucy, ich ... ich bin anders geworden, glaub mir! Wenn ... wenn du mir die Zeit gibst, es dir zu beweisen, dann ... «

»Ich bin die Tochter von Madeleine Duchesne!« Lucy schloss ihre Augen, nachdem sie diesen einen Satz

ausgestoßen hat, der ihr schon seit so langer Zeit
auf der Zunge lag. »Und du, Henri, bist mein
Vater!«

Henri Duchesne blickte Lucy entsetzt an, ehe er
zurücktrat und energisch den Kopf schüttelte.

»Nein! Nein, nein, das ... das kann nicht sein! Was
redest du da?«

»Ich bin die Tochter von Madeleine Duchesne!«,
wiederholte Lucy, diesmal weitaus lauter und
gereizter. »Erkennst du nicht diese Augen? Erkennst
du nicht diesen Mund? Es ist derselbe Mund, den du
einst vor über zwanzig Jahren geküsst hast. Es sind
dieselben Augen, in die du dich einst vor über
zwanzig Jahren verliebt hast. Hast du das nicht
erkannt? Nie? Ist es dir niemals aufgefallen, dir
in den Sinn gekommen? Gott, ich habe nicht einmal
einen anderen Namen angenommen und es ist dir
trotzdem nicht aufgefallen! Ist dir die Frau, die
du angeblich einst so geliebt hast, dermaßen egal?
Die Frau, die du gefickt hast? Geschwängert und
abgeschoben, gebrochen!«

Henri starrte Lucy regungslos an, blickte ihr tief
in die Augen, auf den Mund, betrachtete sie von
Kopf bis Fuß.

»Ja.« Sein abwesendes Flüstern war kaum zu
vernehmen. »Deine Mutter, wo ... wo ist sie?«

Lucy atmete tief durch, wischte sich die Tränen aus
den Augen.

»Sie ist tot. Sie ist tot, und das deinetwegen! Depressionen hatte sie, deinetwegen! Alkoholikerin ist sie geworden, *deinetwegen*! Geschlagen und missachtet hat sie mich, *deinetwegen*! Die Pulsadern hat sie sich aufgeschlitzt, *DEINETWEGEN*!« Lucy atmete tief durch, entspannte ihren Körper und ihre zu Fäusten geballten Hände. All der aufgestaute Hass, die Wut, die Verzweiflung, fand endlich Gehör, konnte endlich aus ihr raus. Henri blickte sie abwesend an. Er schien nicht fähig, seinen Gefühlen Ausdruck zu verschaffen.

»Du hast also streng genommen *zwei* Menschen auf dem Gewissen, ohne es zu wollen!«

»Ich habe deine Mutter sehr geliebt!«, antwortete Henri nach einer gefühlten Ewigkeit mit leiser Stimme. »Und ihr Verlust tut mir ebenso leid wie die Dinge, die dir damals widerfahren sind. Aber in der einen Hinsicht liegst du falsch, Lucy. Du bist nicht meine Tochter!«

Lucy starrte den ihr auf einen Schlag wieder so fremden Mann vor sich eine Weile lag an, ehe sich die Wut in ihr aufstaute.

»Du leugnest es noch? Ist ... ist es nicht langsam endlich mal Zeit, mit all diesen Lügen aufzuhören? Du schwafelst davon, dass du ein besserer Mensch bist, deine Fehler bereust. Dann *zeige* endlich Reue! Du hast meine Mutter fortgeschickt, als du von der Schwangerschaft erfahren hast und ... «

»Ich hätte deine Mutter NIE fortgeschickt!« Henris wütende Antwort ließ Lucy zusammenzucken. »Sie war

eines Tages weg, ohne Erklärung, ohne großen
Abschied. Sie wollte Geld von mir, und ich gab es
ihr. Danach aber habe ich nie wieder von ihr
gehört! Verstehst du das? Es gab nie eine
Schwangerschaft, von der sie mir erzählt hätte! Und
ich kannte deine Mutter, sie *hätte* es mir erzählt,
wenn deine Behauptung stimmen würde! Du bist nicht
mein Kind, Lucy! Und du wirst es auch nie sein! Ich
dachte, du ... « Henris ohnehin schon zitternde
Stimme brach vollends ab. Er hielt sich die Hand
vor den Mund, schluchzte leise und musste sich an
seinem Schreibtisch abstützen, um nicht zu Boden zu
fallen. »Ich dachte, du wärst meine Liebe. Die
Frau, auf die ich gewartet habe. Wieso? Wieso all
das? Wieso lügst du mich an, alles deswegen? Wegen
einer falschen Behauptung?«

Lucy zögerte einen Moment, dem so gebrochenen Mann
vor ihr auch noch die letzte Wahrheit zu beichten.
Doch sie musste es, sie konnte nicht anders. In
ihren Gedanken fuhr sie bereits fort, weit weg von
hier und all den Erinnerungen.

»Der Hinweis an die Zeitung kam von mir, Henri. *Ich*
habe dem Chefredakteur die Informationen gegeben.
Aus Rache. Weil ich nach wie vor der Überzeugung
bin, dass du die Schuld am Tod meiner Mutter
trägst. All das Leugnen hilft dir nicht. Vielleicht
hat meine Mutter dir wirklich nichts gesagt,
vielleicht hat sie in dieser Hinsicht gelogen.
Vielleicht war sie zu stolz, um zugeben zu wollen,
dass sie Geld von dir verlangt hat. In einer
vermutlich verzweifelten Lage. Und vielleicht ging
sie wirklich, ohne dir etwas zu sagen. Denn sie

wusste, wie du reagiert hättest. Auf ein Kind, einen Bastard. Auf *mich*. Ich wurde genau zu der Zeit gezeugt, in der meine Mutter hier bei dir war. Also lassen wir das Ganze, ja? Falls es dich trösten sollte: Ich wollte die Veröffentlichung nicht. Ich wollte sie zurückziehen, um jeden Preis. Weil ich an dir eine Seite kennengelernt habe, die so anders war. Liebevoll, mitfühlend. Zerbrechlich. Und weil ich dich lieben gelernt habe, Henri. Auch das ist die Wahrheit. Die seltsame, vielleicht gar kranke Wahrheit. Ich liebe dich! Von ganzem Herzen. Und genau deshalb muss ich gehen, Henri. Erstens, weil diese Liebe nie funktionieren kann und zweitens, weil ich mich für das schäme, was ich getan habe. Es stimmt, Rache ist der direkte Weg in die Hölle. Du verdienst mehr als das, Henri. Mehr als mich. Ich könnte dir nie wieder in die Augen sehen. Dir oder Philippe, Audrey, euren Freunden. Du wirst diese Krise überstehen, Henri. Du hast sie bisher alle überstanden. Au revoir, ich werde dich niemals vergessen!« Lucy blickte den fassungslosen Henri noch einmal an, ehe sie sich umdrehte und zur Türe schritt.

»Warte! Bitte!« Henris verzweifelter Aufschrei ließ Lucy verharren. »Bleib hier, zumindest noch bis morgen. Lass mich all das verarbeiten. Und lass *dich* ebenfalls all das verarbeiten. Vielleicht hast du recht, vielleicht verdiene ich deine Bestrafung, deine Verdammung. Aber lass mich eine Nacht über alles nachdenken, was damals war. Vielleicht ergibt am neuen Tag alles mehr Sinn!«

»Sinn?« Lucy drehte sich wieder zu Henri um, musterte ihn in einer Mischung aus Mitleid und Bewunderung darüber, dass er so ruhig geblieben war. »Sinn ergibt alles schon lange nicht mehr! Aber gut, ich bleibe noch diese eine Nacht. Aber in einem der Gästezimmer, wenn es dir recht ist.«

Henri nickte, ehe er abermals nach ihr rief, als sie bereits am Türrahmen stand.

»Lucy?« Er blickte sie mit gläsernen Augen, seinem verzweifelten Blick an. »Meintest du das ernst? Dass du mich dennoch liebst?«

Lucy blickte zu Henri, dann zu Boden, ehe sie ihm wieder ins Antlitz sah.

»Ja.«

»Und ... du wirst dennoch wirklich morgen gehen? Werde ich nochmal von dir hören?«

Lucy starrte den auf einmal so gebrechlich wirkenden Mann mitleidig an. Sie wollte nett sein, ihm gut zureden, ihm Mut machen. Doch sie konnte nicht. Es wäre gelogen gewesen.

»Nein, nie wieder. Gute Nacht, Henri!«

Lucy warf dem Mann, der ihr Leben in den letzten Tagen und Wochen so sehr auf den Kopf gestellt hatte, einen letzten Blick zu, ehe sie die Türe zu seinem Büro hinter sich verschloss, wortlos an Audrey und Philippe vorbei ins Gästezimmer lief und dort, hinter der abgeschlossenen Türe, weinend zusammenbrach. Gepeinigt vom Schmerz der Rache, der

für immer unerfüllten Sehnsucht nach Liebe,
Genugtuung. Geborgenheit.

Sie war von ihrem kurzen Traum in die Wirklichkeit
zurückgekehrt.

In ihre Welt der Einsamkeit, der Dunkelheit. Der
Leere.

Ihre Welt der Tränen.

Madeleine Duchesne lächelte ihrer Tochter sanft zu, als sie am Morgen erwachte. Die helle Morgensonne ließ ihr kleines Kinderzimmer erstrahlen und darüber hinwegsehen, dass weder die Heizung funktionierte, noch die zugigen Fenster jemals ersetzt werden würden.

»Guten Morgen, mein Engel!« Madeleine strich ihrer Tochter sanft über die Wange, wie sie es auch früher, an guten Tagen, manchmal tat. Lucy richtete sich lächelnd auf, blickte sich um. Wie vertraut und geborgen ihr dieser Ort erschien, trotz seiner Kargheit und all der dunklen Seiten, die sie mit ihm verband.

»Wird alles wieder gut werden? Ich will doch nur, dass wieder alles gut ist. Alles wie vorher!« Lucy blickte ihre Mutter mit Reue an, was diese lediglich mit einem traurigen Lächeln beantwortete. Sie drückte ihre Tochter noch einmal an sich, ehe sie verschwand und Lucy in dem leeren, kargen Zimmer zurückließ. Die Sonne vor dem Fenster verdunkelte sich, ehe der gesamte Raum von Finsternis umhüllt wurde.

»Lucy!« Audreys gedämpfte Rufe vor der Türe ließen Lucy aufschrecken. Ihr Herz bebte und ihr Körper zitterte, wie es immer nach diesen Träumen der Fall war. Die Alpträume, die sich in den letzten Tagen mehr und mehr häuften. Und ihr Unbehagen mit in die Realität, ihr echtes Leben schleppten. »Lucy, mach bitte die Türe auf! Wir machen uns Sorgen!«

»Moment!« Endlich schaffte es Lucy, ihre Gedanken abzuschütteln und sich aus dem Bett zu erheben. Mit leicht taumelnden Füßen und leichter Migräne vom gestrigen Champagner öffnete sie die Zimmertüre und blickte in die Gesichter von Audrey und Philippe, die beide so wie sie nach der langen Nacht hier übernachtet hatten. Nur einer fehlte: Henri.

»Geht es dir gut? Was war denn gestern bei euch los? Ihr seid einfach wie zwei bockige Kinder in eure Zimmer gegangen und habt euch eingeschlossen!«, wetterte Audrey in einer Mischung aus Sorge und Wut über das sonderbare Verhalten ihrer beiden Bekannten. Gespielte Empörung, eine Oscarreife Vorstellung für ihren ahnungslosen Gatten. Lucy zuckte mit den Schultern, ehe sie an Audrey und Philippe vorbei zur verschlossenen Türe von Henris Büro blickte.

»Ist er etwa noch immer da drin?«, fragte sie mit leiser Stimme nach, ohne auf Audrey einzugehen. Philippe nickte und atmete tief durch. Er sah müde aus, es war wohl für sie alle eine sehr lange Nacht.

»Ja, er will nicht mit uns reden. Nachdem du in deinem Zimmer verschwunden bist, sind wir beide noch einmal zu ihm. Er wirkte erschüttert, ich kann mir auch den Grund denken! Ein Blick in die

Morgenzeitung hat genügt. So eine verdammte
Scheiße!«

Lucy blickte Philippe regungslos an. Anhand seiner
Reaktion war klar, dass Audrey ihm wirklich nichts
von Lucys Verstrickung in die Sache erzählt hatte.
Nur wusste sie noch nicht, dass Lucy es Henri
längst gebeichtet hatte. Vermutlich war es ein
Fehler, eine nicht durchdachte Eingebung aus purer
Verzweiflung, Wut, vielleicht gar Liebe. Sie konnte
nicht länger lügen, ihr Herz nicht weiter damit
belasten. Auch, wenn dies bedeutete, Audrey noch
tiefer in das alles zu ziehen, da am Ende auch sie
als Lügnerin dastehen würde. Spätestens, wenn ihnen
Henri alles gesagt hätte.

»Jedenfalls bat er uns, ihn alleine nachdenken zu
lassen und keineswegs zu stören!«, fügte Audrey
mürrisch hinzu. »Langsam wird es aber unheimlich,
finde ich! Es ist bereits Mittag!«

Lucy warf einen erstaunten Blick auf ihre
Gyromatic, die sie bei all dem Stress letzte Nacht
gar nicht abgelegt hatte. Tatsächlich war es
bereits nach zwölf, dabei war Lucy sonst immer ein
Frühaufsteher!

»Habt ihr denn nochmal nach ihm gesehen?«, hakte
Lucy noch immer etwas verschlafen nach.

»Ja, aber er reagiert nicht. Bockiger Hund.
Vielleicht hast ja du mehr Erfolg!« Audrey wich ein
Stück beiseite, um Lucy vorbeizulassen. Sie
zögerte, blickte ihre Freunde fragend an, ehe sie
sich doch ihrem Wunsch beugte und zu der

verschlossenen Türe ging. Ihr Verlangen, Henri wieder in die Augen zu sehen oder auch nur mit ihm zu sprechen, hielt sich im Moment noch sehr in Grenzen. Viel zu seltsam und aufreibend war ihre nächtliche Unterhaltung. Er wusste es, einfach alles. Und dennoch schickte er sie nicht fort. Im Gegenteil, er bat sie zu bleiben. Was wollte er? Der Vater sein, der er nie war? Unwahrscheinlich, so wie er die Vaterschaft doch vehement abstritt. Vielleicht, weil er Lucy weiterhin auf die andere, romantische Weise liebte, die Beziehung zu ihr aufrechterhalten wollte. Ein Gedanke, der Lucy Schaudern bereitete. Genauso wie die Tatsache, sich auf all das je eingelassen zu haben. Ihn zu umarmen, zu küssen, gar mit ihm zu schlafen. So fremd er ihr auch war, es war trotzdem widerwärtig.

»Henri? Henri, mach bitte die Türe auf. Wir machen uns Sorgen! Wolltest du nicht nochmal mit mir reden? Hey, mach schon auf!« Lucys Klopfen an der Türe wandelte sich in ein wildes Hämmern, doch keinerlei Reaktion.

»Sturkopf, elender!«, murmelte Philippe wütend vor sich hin. »Das war letztes Jahr auch so, da hatte er zehntausend Francs in den Sand gesetzt, als er in falsche Aktien investierte. Der Tipp kam von einem alten Freund. Es hat ihn dermaßen gekränkt und wütend gemacht, dass er den ganzen Tag in diesem Büro blieb und kein Wort sagte!«

»Und was sollen wir jetzt tun?« Lucy blickte in die ratlosen Gesichter von Audrey und Philippe.

»Nichts, nur abwarten. Ich werde mal kurz ins Büro
fahren, ein schriftliches Statement von Banard
bezüglich dieses Vorfalls für die Zeitungen
abgeben, das ich vorhin schon vorbereitet habe.
Sauerei sowas, nach all den Jahren noch mit solchen
Geschichten Schlagzeilen machen zu wollen! Ihr
beiden bleibt hier und schaut, ob unser Schmollkopf
wieder zur Besinnung kommt, ja?« Ohne eine Antwort
abzuwarten, eilte Philippe zur Garderobe, zog sich
seinen Mantel an und verließ das Appartement.

»Und was wirst du tun?«, fragte Lucy Audrey fast
schon genervt, nachdem die Wohnungstüre ins Schloss
gefallen war. Diese zuckte nur mit den Schultern.

»Mich nochmal ein Stündchen hinlegen, wenn es okay
für dich ist. Ich glaube langsam, Champagner
bekommt mir nicht mehr. Wenn irgendetwas ist oder
Henri sich blicken lässt, ruf nach mir!« Audrey
streichelte Lucy sanft über die Schulter und
lächelte, ehe sie sich in ihr Gästezimmer
zurückzog.

Lucy blieb wie angewurzelt stehen, den Blick auf
die Bürotüre gerichtet. Es fühlte sich wie eine
halbe Ewigkeit an, in der sie einfach nur in diese
eine Richtung starrte, über alles nachdachte. Sie
hatte keine Lust, noch länger zu warten. Sie wollte
mit Henri reden, und zwar sofort.

»Henri!« Lucy rief laut genug, dass man sie hinter
der Türe hören konnte, aber dennoch leise genug,
dass Audrey nichts mitbekommen würde. Es war
besser, das hier alleine zu klären. »Henri, mach
sofort die Türe auf, oder ich komme so rein!«

Lucy presste ihr Ohr an die Türe, horchte, ob sich irgendetwas regte. Für einen Moment dachte sie, es wäre so. Vielleicht war es aber auch nur das Knarzen der alten Holzböden oder der Türe.

»Gut, wie du willst!« Lucy eilte zu ihrer Handtasche in ihrem Zimmer, durchwühlte sie und fand nach längerer Suche schließlich eine Visitenkarte. Diese alten Zimmertüren ließen sich meist weit einfacher öffnen, als man häufig annahm. Erst recht, wenn so wie hier das Spaltmaß so groß war, dass man problemlos die Karte dazwischenschieben konnte. Sie kannte es, alte Erinnerungen an die Kindheit. Sie spielte ab und an mit einem anderen Mädchen, das man als *flüchtige Freundin* bezeichnen konnte, in einem verlassenen Haus am Ortsrand. Es stand leer, solange sie denken konnte. Und wurde irgendwann zum Spielplatz für die Kinder in ihrem Viertel. Ein Spielplatz, in dem mehrere Zimmer verschlossen waren. Die Jungs hätten sie sicherlich einfach eingetreten. Aber Lucy wusste schon damals, dass man mit Köpfchen besser vorankam.

Nach wenigen Sekunden schob sich der Riegel der Zimmertüre langsam zurück, ehe sie sich mit einem Klacken öffnete. Lucy lächelte zufrieden, sie hatte es noch drauf!

»So, Henri! Also, wieso hast du dich ... « Lucy betrat das Büro und erstarrte. Sie taumelte einen Schritt zurück, ohne hierbei ihren Blick von Henri abzuwenden, der sich in der Mitte des Raums am Kronleuchter erhängt hatte. Sie öffnete ihren Mund, wollte schreien, brachte stattdessen aber nur ein leises Wimmern heraus. Sie fühlte ihren rasenden Puls, das Beben ihres Herzens. Die plötzlich eintretende Übelkeit. Dann verlor sie den Halt und stürzte zu Boden, wo sie endlich die Kraft aufbrachte, einen verzweifelten, klagenden Schrei auszustoßen. Ihr ganzer Körper schien sich zu verkrampfen, dennoch schaffte sie es nicht, ihren Blick von Henri abzuwenden. Sie hörte laute, sich nähernde Schritte. Audrey, die den Raum betrat, einen kurzen Schrei ausstieß und sich danach die Hände vors Gesicht hielt, während ihre weit aufgerissenen Augen den Mann betrachteten, der ihr Leben bestimmt und sie in die Ehe mit Philippe gebracht hatte.

»Mein Gott ... ich ... Lucy!« Audrey löste sich aus ihrer Schockstarre, eilte zu ihrer Freundin und nahm sie schützend in den Arm. »Komm, lass uns gehen! Wir sollten nicht hier bleiben. Lucy, bitte!«

Lucy ignorierte die aufgewühlte und zitternde Stimme Audreys, löste sich aus ihrer Umklammerung und stand auf, um auf wackligen Beinen näher an Henri heranzutreten.

»Wieso hast du das getan?« Lucy nahm den Toten vor sich nur verschwommen wahr, ihre Tränen liefen ihr die Wangen herab. »Wieso habe ... habe *ich* das getan? Es tut mir leid, Henri. Es tut mir leid!« Lucy schrie laut auf, hämmerte ihre Fäuste auf den Schreibtisch und versenkte anschließend ihr Gesicht wimmernd in ihren verschränkten Armen. Audrey, die

dem Szenario betroffen zusah, löste endlich ihren
Blick von Henri und der weinenden Lucy und bemerkte
eine Notiz auf dem Schreibtisch.

»Lu ... Lucy!«

Audrey streckte ihr den Zettel entgegen, auf dem
eine handgeschriebene Botschaft stand. Lucy nahm
ihn mit zitternden Händen und las die
handschriftliche Notiz mit leiser Stimme vor, ehe
sie ihn fallen ließ und abermals laut schluchzte.

Bitte verzeih mir.

Und bitte verzeih auch ihm.

In ewiger Liebe

Henri.

—

Die Zeitungen überschlugen sich vor Respekt
zollenden Beileidsbekundungen für einen Mann, der
das Erbe seines Vaters übernommen und daraus ein
Imperium gemacht hatte. Ein Lebemann, ein Original
Nizzas, dessen Leben viel zu früh und tragisch
endete. Der Skandal und die Umstände seines Todes
schienen nunmehr lediglich eine Nebensache. Ein
dunkler Fleck, über den viele hinwegzusehen
schienen. Zumindest für die Zeit der Trauer. Über
solche Dinge konnte noch später geschrieben werden.
Heute aber war der Tag, an dem sich Nizza mit
großen Worten von Henri Nardin verabschiedete. Nur
eine Zeitung, die *La journée à Nice*, hielt sich

erstaunlich zurück. Sie würde schon noch früh genug
weitermachen, die Story weiter ausweiden und Profit
auf dem Leid anderer schlagen.

»Du willst wirklich gehen?« Philippe warf Lucy
einen traurigen Blick zu. Sie hatte ihm bereits
zuvor gesagt, dass sie keinesfalls an der
Beerdigung teilnehmen wolle. Es zog sie fort,
dieser Ort war für sie genauso vorbelastet wie ihre
alte Heimat. Sie konnte nicht bleiben. Die Tage
seit Henris Tod schienen ihr ohnehin schon endlos
langsam zu vergehen. Aber sie konnte Audrey und
Philippe auch nicht einfach so alleine stehen
lassen. Doch nun war es Zeit.

»Ja, Philippe. Endgültig. Es ist besser so! Von
Audrey habe ich mich vorhin schon verabschiedet.
Also, leb wohl!«

Lucy nahm ihr Gepäck, nickte Philippe zu und eilte
dann nach draußen, wo ihr Porsche bereits mit
offenen Türen wartete.

»Ich werde den Wagen später verkaufen, das Geld
überweise ich euch!«, merkte sie trocken an,
während sie in dem Sportwagen Platz für ihr Hab und
Gut suchte. Alles, was sie noch hatte. »Behalten
will ich ihn nicht. Ich habe ihn auch gar nicht
verdient!«

»Lucy, jetzt warte doch!« Philippe folgte ihr,
packte sie am Arm und zog sie zu sich heran.
»Willst du es dir nicht ... doch noch überlegen? Du
handelst übereilt, lass dir mehr Zeit! Bleib doch
bei uns, wir ... wir haben dich beide so gern. Und

ich noch mehr als das. Uns ... uns verbindet viel
mehr, als du denkst. Wenn du mir die Zeit gibst, es
dir zu erklären, dann ... «

»Philippe, bitte!« Lucy zog sanft, aber bestimmt
Philippes Hände von sich weg und blickte ihn mit
traurigen Augen an. »Es gibt nichts mehr zu
erzählen. Ich habe euch nur Unglück gebracht. Es
tut mir leid, Philippe. Außerdem hast du Audrey,
sie ist wundervoll. Kümmere dich gut um sie, ja?
Ich werde immer an euch denken!«

Philippe zögerte, als würde er noch etwas sagen
wollen, ehe er bittersüß lächelnd nickte. Eine
einzelne Träne lief seine Wange herab.

»Das werde ich auch, Lucy. Immer!«

Lucy schenkte Philippe ein letztes Lächeln,
streichelte ihm sanft übers Gesicht und winkte dann
Audrey, die ihnen doch noch nach draußen gefolgt
war und nun am Eingang des Wohnhauses wartete. Auch
sie lächelte; auf eine melancholische, traurige Art
und Weise. Es war typisch von ihr, bei diesem
Abschied ein wenig Abstand zu halten. Sie hätte
sonst wohl Gefühle gezeigt, die sie der Außenwelt
nicht zeigen wollte. Audreys perfekte Maske saß
fest, egal, welches Chaos darunter herrschte. Und
welche Geheimnisse sie verbarg wie ein
Schatzkästchen, für das es nie einen Schlüssel
geben würde. Tief vergraben in ihrem
Unglücklichsein und der inneren Leere, die immer
größer werden würde.

»Nimm das, du wirst es sicher brauchen. Und keine Widerrede!« Philippe warf Lucy einen offenen Briefumschlag mit einem losen Geldbündel in den Wagen. Sie warf einen kurzen Blick darauf, setzte zu einem Satz an, ehe sie dann doch nur nickte und stumm in den Wagen stieg.

»Auf Wiedersehen, Lucy!«

Lucy drehte sich zum letzten Mal um, blickte Philippe direkt in die Augen. Sie wollte lächeln, doch sie konnte es nicht.

»Leb wohl!«

Ohne noch einmal nach hinten zu sehen, startete Lucy den Motor des 356 und drückte aufs Gaspedal. Sie wollte weg, einfach nur weit weg von all dem, was ihr in den letzten Wochen widerfahren war. Vergessen, dass sie je hier gewesen ist, all dieses Chaos und Leid verursacht hat. Sie hatte sich erhofft, diese Reise und ihre Rache würden ihr das Gefühl der Befriedigung geben. Einen Schlussstrich unter ihrer Vergangenheit, den Schlüssel für einen Neuanfang bringen. Doch stattdessen hatte sie sich direkt ihre neue Hölle erschaffen. Sie hatte sich an Henri gerächt, weil er einen Menschen in den Tod getrieben hatte. Doch nun war *sie* diejenige, die dieselbe Schuld mit sich trug. Wer würde mit *ihr* ins Gericht gehen?

Endlich hatte sie die Stadt verlassen, fuhr auf der kurvenreichen Landstraße die Küste entlang. Lucy drehte das Radio auf, suchte zwischen all dem Rauschen und dem Stimmengewirr nach einem guten

Sender. Dann, wie ein Zeichen von oben, ertönten die ersten Töne eines ihr so bekannten Lieds. Ein Lied, das ihr erstmals seit so langer Zeit ein Lächeln entlockte, sie leise mitsingen ließ. *La mer.*

Lucy warf einen Blick auf den Umschlag, der auf dem Beifahrersitz lag. Philippe würde das Geld wieder bekommen, sobald sie einen neuen Job gefunden hatte. Sie griff nach dem Bündel, zählte die Scheine. Zweitausend Francs. So viel Geld, er musste verrückt sein. Das waren Lucys letzte Gedanken. Sie merkte nicht mehr, wie sie versehentlich den Wagen auf die entgegenkommende Spur gelenkt hatte. Sie spürte nicht mehr den Einschlag des LKW in ihren kleinen, roten Porsche, der um die uneinsehbare Kurve bog und nicht einmal mehr genug Zeit fürs Hupen, geschweige denn fürs Abbremsen hatte. Der zerquetschte Sportwagen schleuderte über die Leitplanke, überschlug sich und stürzte dann die Klippen hinab ins Meer, wo er in den Fluten versank. Ein paar im Wind umherfliegende Geldscheine verteilten sich um die Unglücksstelle wie Blumen, die bei einer Beisetzung dem Toten ins Grab geworfen wurden. Lucy Duchesnes Leben endete so, wie es einst begonnen hatte: mit gebrochenen Herzen in Nizza.

Philippe Baume betrachtete das kleine Schmuckstück in seiner Hand mit einem melancholischen, verträumten Blick. Lucy war überstürzt aufgebrochen, als wäre sie von einer unsichtbaren

Kraft dazu getrieben worden. Ihrem Schicksal. Sie hatte, in ihrer Gedankenwelt versunken, ihre Girard-Perregaux auf dem Nachttisch im Gästezimmer liegen gelassen. Eine einzige Uhr mit den Initialen *L.D.* war alles, was Philippe von ihr geblieben war. Von ihr, der er noch so viel erzählen wollte. Mit der er so viel geplant, sich erträumt hatte. Lucy besaß die Schönheit und Anmut ihrer Mutter, das fiel ihm schon bei ihrem ersten Treffen auf. Nur fand er nie den Mut oder die Ehrlichkeit, es ihr zu sagen. Damals, vor mehr als zwanzig Jahren, war er es, der seinem besten Freund Henri Nardin die Freundin ausspannte. Nichts Ernstes, nur eine einzige Nacht. Eine Nacht, die jedoch alles veränderte. Er hätte sie nicht zurückweisen dürfen, als er es von ihr erfuhr. Doch er tat es. Sein größter, unumkehrbarer Fehler. Madeleine verschwand, ohne Henri überhaupt Lebewohl zu sagen. Es brach ihm das Herz, veränderte seinen Blick auf die Frauen für immer. Bis *sie* kam. Wohl auch deshalb hielt es Philippe für das Beste, ihr nichts davon zu sagen. Damit zumindest diesmal Henri seine große Liebe in einer Duchesne fand.

Wie töricht er einst war, widerwärtig und dumm. Er hatte sie verstoßen; damit ihr, Henri und sich selbst so viel Schmerz zugefügt. Er hatte ihn, seinen Partner, seinen Freund, seinen *kleinen Bruder* so schrecklich belogen. Ihm nie den Grund genannt, wieso Madeleine gegangen war. Behauptet, dass sie Geld von ihm fordern würde. Schließlich wollte Philippe nicht selbst einen Scheck ausstellen, den man am Ende mit ihm in Verbindung hätte bringen können. Je weniger Leute von der Affäre wussten, desto besser. Sein Ruf war alles, woran er einst dachte.

Henri war damals voller Hass, obwohl er Madeleine eigentlich so sehr liebte. Er verfluchte sie, bezeichnete sie als Miststück. Als Schlampe, die seine Gefühle missbraucht hatte. Ihn am Ende nur ausnehmen wollte und dann kommentarlos verschwand. Er bat Philippe, ihr den gewünschten Scheck in seinem Namen zu überreichen, da er sie nicht mehr sehen wollte. Eine Entscheidung, die er für den Rest seines Lebens bereute. Ohne je zu erfahren, was der tatsächliche Grund für ihren plötzlichen Abschied war. Er machte sich unwissentlich zum gebrochenen, desillusionierten Helfer seines Partners, besten Freundes, *großen Bruders*. Eine Weile lang bereute Philippe absolut nichts, hielt sein Verhalten für das Beste. Im Namen seines und Henris guten Rufes, im Namen des Unternehmens. Doch mit der Zeit wuchs die Reue, sein einziges Kind und dessen schwangere Mutter fortgejagt zu haben. Dennoch blieb er stets zu feige, wieder den Kontakt aufzunehmen. Nach ihr zu suchen. Doch mit der Zeit wurde es ihm unmöglich, seine Trauer zu verbergen. Die Einsamkeit in ihm wuchs. So sehr, dass er sich in eine Romanze stürzte, sie nach nur wenigen Wochen heiratete. Vater wurde. Nur, um dann die geliebte Tochter so früh zu verlieren. Wie ein Zeichen von oben, eine Bestrafung des Herrn. Er wollte das eine Kind nicht haben und gab es fort, also verdiente er auch das andere nicht. So jedenfalls dachte er, all die Jahre. Er wusste, wo

Madeleine wohnte. Wie ihre Tochter hieß, was beide
machten. Er erfuhr von ihrem Tod, ohne es Henri je
zu sagen. Und ohne jemals den Kontakt aufgenommen
zu haben. Sein Stolz und seine Feigheit hinderten
ihn gleichermaßen daran. Am Ende schien Henri in
dieser verdammten Nacht vor seinem Tod eins und
eins zusammengezählt zu haben. Es zerbrach ihn,
weit mehr als der Skandal und die Zeitungsberichte.

Philippe wusste von Anfang an, wer sie war. Dass
sie mit ihrer Scharade irgendetwas im Schilde
führte. Und er ließ sie gewähren. Da er sich nicht
einmal ausmalen konnte, was er damit auslösen
würde. Eines Tages, da war er sich all die Tage und
Wochen sicher, käme der richtige Moment, um ihr die
Wahrheit zu sagen. Sie als seine verloren geglaubte
Tochter zu lieben; ihr alles zu geben, was er ihr
ein Leben lang vorenthalten hatte. Doch diesen
einen, richtigen Moment - sofern es ihn je gab -
hatte er verpasst.

Lucy war - wie zuvor schon Madeleine - sein Ein und
Alles, für einen so kurzen Moment. Ein Atemzug in
seinem Leben. Ehe er beides verlor. Genauso, wie
auch Philippe sie verloren hatte. Nur mit dem
Unterschied, dass Henri von seiner Qual, seiner
Hölle auf Erden befreit war. Während er, Philippe,
bis an sein Lebensende mit der Gewissheit leben
musste, all das verursacht zu haben.

Seine Bestrafung war nicht der Tod;

sondern ein langes Leben.

»Vergebt mir!«

Philippe drückte die Uhr fest an sein Herz, schloss
die Augen und dachte an sie. Ihr wundervolles
Lächeln, ihren so starken Charakter. Ihre einmalige
Schönheit. Er wollte seine alten Fehler beheben,
doch am Ende verlor er sie wieder. Endgültig. Ihre
Beerdigung zu übernehmen, war jetzt alles, was er
noch tun konnte. Ein schwacher Trost für die Leere,
den unsagbaren Verlust. Die Wahrheit, die
unausgesprochen blieb.

In seinem Herzen würde sie immer leben. Auf ewig.

Lucy Duchesne-Baume.

Seine geliebte Tochter.

Fin